CAN DÜNDAR

AŞKA VEDA

Can Yayınları 2070

1. basım: Mayıs 2012
Bu kitabın 1. baskısı 100 000 adet yapılmıştır.

Yayına hazırlayan: Cem Alpan

Kapak tasarımı: Ayşe Çelem Design
Kapak resmi: © iStockphoto.com

Kapak baskı: Azra Matbaası
İç baskı ve cilt: Ayhan Matbaası

ISBN 978-975-07-1465-8

CAN SANAT YAYINLARI
YAPIM, DAĞITIM, TİCARET VE SANAYİ LTD. ŞTİ.
Hayriye Caddesi No. 2, 34430 Galatasaray, İstanbul
Telefon: (0212) 252 56 75 / 252 59 88 / 252 59 89 Faks: (0212) 252 72 33
www.canyayinlari.com
yayinevi@canyayinlari.com

CAN DÜNDAR

AŞKA VEDA

CAN

Can Dündar'ın Can Yayınları'ndaki diğer kitapları:

Lüsyen, 2010
Canım Erdalım, Sevgili Babacığım (İsmet İnönü-Erdal İnönü Mektuplaşmaları), 2011

CAN DÜNDAR, 16 Haziran 1961'de Ankara'da doğdu. 1982'de AÜ, SBF Basın-Yayın Yüksek Okulu'ndan mezun oldu. 1986'da İngiltere'de London School of Journalism'i bitirdi. 1988'de, ODTÜ Siyaset Bilimi ve Kamu Yönetimi Bölümü'nde Siyaset Bilimi dalında yüksek lisansını tamamladı. 1996'da aynı bölümde doktora derecesi aldı. 1979 yılından beri gazetecilik, belgesel yapımcılığı, TV programcılığı yaptı. 2001 yılından beri Milliyet gazetesinde köşe yazıları yazıyor. Kitapları: *Demirkırat* (M.A. Birand ve B. Çaplı'yla birlikte, 1991), *Sarı Zeybek* (1994), *12 Mart: İhtilalin Pençesinde Demokrasi*, (M.A. Birand ve B. Çaplı'yla birlikte, 1994), *Gölgedekiler* (1995), *Hayata ve Siyasete Dair* (1995), *Yağmurdan Sonra* (1996), *Ergenekon* (Celal Kazdağlı'yla birlikte, 1997), *Yârim Haziran* (1998), *Benim Gençliğim* (1999), *Köy Enstitüleri* (2000), *Nereye?* (2001), *Yaveri Atatürk'ü Anlatıyor: Salih Bozok'un Anıları* (2001), *Uzaklar* (2002), *Yükselen Bir Deniz* (2002), *Savaşta ne Yaptın Baba?* (2003), *Bir Yaşam İksiri: Dr. Nejat F. Eczacıbaşı* (2003), *Mustafa Kemal Aramızda*, (Ülkem Özge Sevgilier'le birlikte, 2003), *Büyülü Fener* (2003), *Duvar* (Ege Dündar'la birlikte, 2003), *Yıldızlar* (2004), *Sedat Alp: İlk Türk Hititoloğun Yaşam Öyküsü*, (Fatma Sevinç'le birlikte (2004), *Kırmızı Bisiklet* (2005), *Nâzım* (2005), *İlk Durak-İETT*, (Nebil Özgentürk'le birlikte, 2005), *Özel Arşivinden Belgeler ve Anılarıyla Vehbi Koç I.* (2006), *Yüzyılın Aşkları* (2006), *Karaoğlan*, (Rıdvan Akar'la birlikte, 2006), *İsmet Paşa*, (Bülent Çaplı'yla birlikte, 2006), *Yakamdaki Yüzler* (2007), *Ecevit ve Gizli Arşivi* (Rıdvan Akar'la birlikte, 2008), *Ben Böyle Veda Etmeliyim: İsmail Cem* (2008), *Özel Arşivinden Belgeler ve Anılarıyla Vehbi Koç II.* (2008), *Mustafa* (2009), *Anka Kuşu* (2009), *Lüsyen* (2010), *Canım Erdalım Sevgili Babacığım* (2011).

İçindekiler

II. EROS'UN YENİ YÜZLERİ

III. AŞKSIZLIĞA DAİR

Önsöz

Aşk devrimcidir.

Otorite, düzen, nizam tanımaz.

Coşkuyla çarpan iki kalbin yarattığı etkiye hiçbir direnç dayanmaz.

Sınırlar, harp içindir; aşk sınırdan anlamaz.

Yaş, sosyal statü, renk, ırk, cins, dil, mezhep, milliyet farkı, tutkuya mâni olamaz.

İki yürek buluştu mu onları dizginleyen çitler, bariyerler, örf ve âdetler, gelenek ve görenekler, ilkeler, nizamnameler, akrabalar ebeveynler tutuşur.

Ten, derde ilaç olur; ölüm, ayrılığa yeğ tutulur.

Seven iki yürek, ayrılmaya zorlandıkça birleşir.

Aşk, yalnızca içeriden yıkılabilen bir kaledir. Sadece âşıkların birbirini yemesiyle yok olur.

* * *

Devrimcinin düşmanı düzendir.

Kazanmanın konforlu rehaveti, "Elde ettim işte!" felaketine dönüşür kısa zamanda...

Devlet, aile, özel mülkiyet el ele verip işe karışır; büyük heyecan, alışmayla, kurumsallaşmayla yatışır.

O ilk kıvılcımdan güçlü bir dostluk ateşi yakamazsanız, uğruna dünyayla savaşabileceğiniz insanı bir iç savaşta kaybedersiniz.

Onca hızlı daldığınız rüyadan bu kadar hızlı uyanabilmiş olmanıza da hayret edersiniz.

* * *

Sevgili editörüm Cem Alpan'ın, aşk, kadın, erkek, evlilik üzerine yazdığım yazılar arasından titizlikle seçtikleriyle hazırladığı bu kitap, ilişkilerin yukarıda özetlediğim iki yüzünü, yani tersiyle düzünü birlikte anlatmayı deniyor.

Yüzünde, yanağında, yüreğinde aşk denen alazın korunu hissedenlerin, ateşten gömleği gönüllü giyenlerin, sevdiğine kalbini verenlerin duygularıyla başlıyor kitap...

Abayı yakmanın, gönülden bağlanmanın, eriyip çarpılmanın hazzından, tadından dem vuruyor.

Körkütük, sırılsıklam, doludizgin aşkların nelere kadir olduğundan bahsediyor.

Bazen kanlı bir örgüt içinde, bazen bir genelev köşesinde, bazen kambur bir kızın muhayyilesinde, kâh içten içe kabaran, kâh gürül gürül çağlayan o deli nehri anlatıyor.

Sonra kadından erkeğe, dünden bugüne, devrimden düzene sevdanın nasıl şekil değiştirdiğine bakıyor.

"Sekssiz aşk"tan "aşksız seks"e geçişin izini sürüyor.

Şehvet sevdadan soyunduğunda, Eros okunu kırdığında, piyasa duruma el koyduğunda aşkın nasıl can çekişmeye, körelip çirkinleşmeye başladığını sergiliyor.

Geçmiş kuşaklara göre bir hayli serbestleşmesine rağmen eski tadı vermeyen, saadet getirmeyen, şiirini kaybeden zamane ilişkilerini sorguluyor.

* * *

Asırlar önce Shakespeare o muhteşem 129. sonesinde, "Acıkan şehvet, ruhu ezip geçer," demişti.

O açlık, "aşka veda"yı getirdi.

Ama yine o sonenin dediği gibi:

Ne tuhaf ki dünyada bunları bilen çok
Ama cehenneme götüren cennetten hiç kaçan yok.

Sonunda cehennem korkusu olsa da bizi yaşatan, o cennetin hayalidir.
Veda etsek de biliriz ki aşk, her daim ihtimal dâhilindedir.

CAN DÜNDAR
Mayıs 2012

I

AŞKA DAİR

Aşkın Halleri

Eğer...

Onu hatırladıkça başı göğe ermişçesine ya da asansör boşluğuna düşmüşçesine ürperiyorsa yüreğiniz...

Ömrü saatlere sıkışmış bir kelebek telaşıyla o hüzünden, bu neşeye konup kalkıyorsanız gün boyu nedensiz... Ve her konduğunuzda diğerini iple çekiyorsanız bu hislerin...

Onunlayken pervaneleşen yelkovanlar, onsuz mıhlanıp kalıyorsa yerine, bir akrep kadar hain...

Sınıfta, büroda, yolda, yatakta içiniz içinize sığmıyor, ondan söz edilince yüzünüz, sizden habersiz, mis kokulu bir ekmek dilimi gibi kızarıyor, mahcup somurtuyor veya muzip sırıtıyorsa...

Ve o, her durduğunuz yerde duruyor, her baktığınız yerden size bakıyor, siz keyiflendikçe gülüp hüzünlendikçe ağlıyorsa...

Dünyanın en güzel yeri onun yaşadığı yer, en güzel kokusu bedenindeki ter, en dayanılmaz duygusu gözlerindeki kederse...

Hayat onunla güzel ve onsuz müptezelse...

Elmalar pembe, kiremitler pembe, gökyüzü, yeryüzü, onun yüzü pembeyse...

Kışlar ilkbaharsa yazlar ilkbahar, güzler ilkbahar...

Her şiirde anlatılan oysa; her filmin kahramanı o... Her roman ondan söz ediyor, her çiçek onu açıyorsa...

Bir anlık ayrılık, bir ömür gibi geliyor ve gider gitmez, özlem saç diplerinizden çekiştirip beyninizi acıtıyorsa...

İştahınız kapanıyor, iştahınız açılıyor, iştahınız şaşırıyorsa...

İştahınız, hasret acısında bile karşı konulmaz bir tat buluyorsa...

Eliniz telefonda yaşıyor, işaretparmağınızla ha bire onu tuşluyor, dara düştüğünüzde kapıyı çalanın o olduğunu adınız gibi biliyorsanız...

Mütemadi bir sarhoşluk halinde, her çalan telefona o diye atlıyor, vitrindeki her giysiyi ona yakıştırıyor, konuşan birini dinlerken, "Keşke o anlatsa!" diye iç geçiriyorsanız...

Kokusu burnunuzdan, sureti gözünüzden, sesi kulağınızdan, teni aklınızdan silinmiyorsa bir türlü...

Özlemi, sol memenizin altında, tek nüsha bir yasak yayın gibi taşıyorsanız gün boyu...

Hem kimseler duymasın hem cümle âlem bilsin istiyorsanız...

Onsuz geceler ıssız, sokaklar öksüzse...

Ayrılık ölüme, vuslat sehere denkse...

Gamze gamze tebessüm de onun içinse alev alev öfke de...

Bunca tavır, onca sabır ve nihayetsiz kahır hep onun yüzsuyu hürmetine...

Uğruna ödenmeyecek bedel, gidilmeyecek yol, vazgeçilmeyecek konfor yoksa...

Dışarıda yer yerinden oynuyor ve "içeri"de bu sizi zerrece ilgilendirmiyorsa...

Nedensiz küsüyor, sebepsiz affediyorsan ve bütün bu hallerinize siz bile akıl erdiremiyorsanız...

Kaybetme korkusu, kavuşma sevincinden ağır basıyorsa ve aşk, gurura baskın çıkıyorsa bu yüzden her daim...

Gece yarısı kadim bir dost gibi kucaklayan tanıdık bir şarkı, bütün acı sözleri unutturmaya yetiyorsa...

Her gidişte ayaklarınız "geri dön" diye yalpalıyorsa ve siz kendinize rağmen dönüyorsanız sınırsız, sabırsız, doyumsuz bir tutkuyla...

...O halde "Sevgililer Günü" sizin gününüz!..

"Çok yaşa"yın ve de "siz de görün."

Yüzyılımızın Son "Sevgililer Günü"

"Sevgililer Günü"ne hazırlanan şehrin caddelerini arşınladım akşam...

Vitrinlerde kırmızı, tombul kalpler çarpıyordu heyecanla; her çiçekçi bir Cennet bahçesi...

Kendine bahar yağmuru süsü vermiş bir sağanak, telaşlı yüzleri yalayarak neşeyle gezindi sulusepken... Damla damla öpücükler bıraktı beyaz gonca güllerin taze yaprakları üzerine...

Hiç sevgili olmamış bir çocuk, yoksulluktan çatallaşmış sesine zoraki bir yalvarma tonu yamayarak somurtuk bir çifte, alı mora dönmüş bir karanfil satmaya çabalıyordu, "sevgilinin başı için"...

"Başı kopasıca!" diye geçirdi içinden genç kadın, yanındaki nemrut herifin kolunda sürüklenirken... Çiftleşirken başka çiftleri hayal ediyordu kaç zamandır...

Şık bir zampara, ikişer parmağıyla lastiğinden gerdiği, ortası kalpli kırmızı donu, mahcup tezgâhtar kıza doğru uzatarak sözde beden tutturmaya çalışıyordu; bedenini hiç olmazsa bu "Sevgililer Günü"nde bir eşle eşleştirebilme hasretiyle...

"Kendinize mi alacaksınız?" sorusuna, "Hayır sevgilim için," yanıtını verdi, ihanete uğramış güzel bir kadın, av malzemeleri satan bir dükkânda avcı bıçaklarını incelerken...

Köşedeki ihtiyar, telleri pas tutmuş siyah şemsiyesinin altında "Senede Bir Gün"ü çalıyordu, akortsuz kemanı, ağarmış saçları ve solmuş yanağıyla; "Yeter ki gel bana, senede bir gün..."

"Daha fazlası çekilmez zaten," diye söylendi, ağzı sakallarının içinde kaybolmuş bir berduş... "Beklemek, kavuşmaktan güzel," diye ekledi, kemancının önündeki kâseye bozuk para atarken...

Kemancıyı dinlerken avucundaki fotoğrafı sımsıkı göğsüne bastıran mahzun bakışlı genç kız korktu bu tespitten, "Vuslat, aşkı öldürür mü?" sorusu saplandı yüreğine... Fotoğrafı biraz daha sıktı.

Mağazada alışverişte gördüğü kadına vurulan orta yaşlı bankacı, soyunma odasındaki boy aynasında vücudunu süzdü uzun uzun... Tanıdık gelen, lakin çok değişmiş bir eski dosta bakar gibi...

Hayran olduğu kadın da aynı anda, yan kabinde utanıyordu bedeninden... Aynadaki akisleri sırt sırtaydı. Korselerini takıp elbiselerini giydiler ve perdeleri açıp gülümsediler birbirlerine...

Aşk yapmaktan çok aşk filmi yapmış bir yönetmen, sanat galerisindeki "Sevgililer Günü" konulu söyleşide, "Yaşamak, zevk almaktır. Aşkınızı söylemekten çekinmeyin," diye bağırdı, ön sırada gözünü alamadığı kızı yeterince cesaretlendirdiğini umarak...

Televizyondaki tele-vaiz, cimadan maksadın sadece zürriyet olmak icap ettiğini vaaz ediyordu o sıralarda...

Kentin arka sokaklarında bir cumbanın perdeleri ardına gizlenen genç kız, gazetede önce ilk sayfadaki "Sevgililer Günü" duyurularını, sonra üçüncü sayfadaki namus cinayeti haberlerini okudu; bunaldıkça sokağa bakıp, "beyaz kamyonetli tüpçü"sünü kolladı; kendisini alıp götüreceği günün hayalini kurarak, muhtemel bir kıskançlık krizinden korkarak...

Tüpçü, bir Nataşa'nın kollarında "ilk korunma dersi"ni almakla meşguldü...

* * *

Sağanak, ıslak ellerini sokaklardan çekerken hüzünlü bir hilal, boynunu uzattı kara bulutların arasından...

Gece, nemli bir şal gibi örttü kentin üstünü...

Kocaman gözleri olan bir kadın pencereden bakıp sevgiyi arandı.

Restorandaki permalı kız, "Bu, evlendikten sonraki ilk 'Sevgililer Günü'müz olacak," dedi genç kocasına; müjde verir gibi değil, soru sorar gibi... Cevap alamayınca, "Sevgilim, bana bakarken başka bir şey düşünüyor gibisin," diye diklendi; bunu söylerken başka bir şey düşünerek...

Üniversite öğrencisi genç, bilgisayar başında sanal bir sohbetin her satırına ayrı yalanlar döşeyerek nefret ettiği bir sınıf arkadaşına ilanıaşk ediyordu; hattın öbür ucundakinin o olduğunu bilmeden...

"Modern bir körebe oyunu oynar gibiyiz, değil mi?" diye yazdı ekrana...

Az sonra yanıt geldi:

"N'olur hiç açılmasın gözümüzdeki bağ..."

Ertesi sabah, sınıfta yan yana oturacaklardı.

Kanına şeytan girmiş bir kadın, arabasına aldığı iri göğüslü fahişeyi yolda mıncıklarken anladı gerçeği... "N'apiyim, kestirmeye vakit olmadı," diyip küfretti arabadan tekme tokat kovulan travesti... Kadın, "Doğru dürüst sevgili bulmak ne kadar zorlaştı," diye öfkelendi dünyanın haline...

Bardan çıkan genç kız, kemerine astığı teybinin kulaklığından yayılan, "Ergen Ruhu" adlı parçayı içine çeke çeke bir süre yürüdü, sonra bir kuytu duvara yaslanıp teybin sesini sonuna kadar açtı; "'Sevgililer Günü'müz kutlu olsun," diye fısıldayarak damardan altın vuruş yaptı bedenine...

Yanda, "üç film birden" gösteren sinema, "Sevgililer Günü" şerefine Pamela Anderson'ın, Internet'in seks sayfalarından bedava kaydedilmiş son pornosunu gösteriyordu.

Yaşlı kemancı, tezgâhı toplayıp evine dönerken nöbetçi eczanelerden birine girip Viagra sordu: "Bu aşka canımı adayacağım," diye mırıldanarak çıktı dışarı...

Kötürüm kocasına para götürebilmek için pavyon kapısında "sevgili"lere gül satan kadına bir peri göründü sabaha karşı: "Dile benden ne dilersen!" dedi.

"N'olur biraz yardımcı olun. Çok ihtiyacım var," diye sayıkladı kadın...

"İki numara!" diye bağırırken kendi sesine uyandı.

Gün çoktan ağarmış, kentte, yüzyılın son "Sevgililer Günü" başlamıştı; yüzyıl sonuna özgü sevdalar ve sevdalılarla...

Platonik Aşk, Gerçek Aşk

Platonik aşk, divan şiirinin konusudur.

Ortada somut, etli butlu, adlı adınca bir sevgili yoktur.

Şair, birine sevdalanmıştır; okursunuz ama bu kadın mı erkek mi, Tanrı mı şıh mı, bilemezsiniz.

İlahidir. Mistiktir. Fantastiktir.

Hayatta karşılığı olmadığı, yazarının zihninde yaşadığı intibaını verir.

Sevdadan çok duaya benzetilebilir.

Mesela Nedim, süslü püslü sözcükleri nakkaş gibi işleye işleye boşluğa bir efsun bırakır:

Haddeden geçmiş nezâket yâl-ü bâl olmuş sana,
Mey süzülmüş şîşeden ruhsâr-ı âl olmuş sana...

İmbikten süzülen şarabın, yarin yanağında kızardığını anlarsınız ama o kadardır işte...

Çünkü sevgi, düşte olduğu sürece güzel sayılır.

Öbürü bayağılıktır.

* * *

Halk edebiyatına gelince...

Divanın "hayalî sevgili" motifi bazı halk âşıklarına sirayet etmişse de, genel olarak halk edebiyatında kadın, öyle mey meclislerinde filan değil çadırda, dağ yolunda, pınar başında, bütün doğallığıyla çıkar karşımıza...

Kanlı canlı, etli butlu, adlı sanlıdır.

Elinde aşk şarabı değil, süt küleği, su tası, düğün kınası vardır.

Karac'oğlan'ın diliyle söylersek, "atlas tumanları ak topuk üstüne dökülmüştür. Bellerine ibrişim kuşak bağlar, boydan boya ak sevaylar giyinirler. İş içinde ağ memeleri domur domur terlemiştir."

Ve daha da önemlisi bu sevgili, aseksüel, farazi bir yaratık değil, sevdaya karşılık veren, erkeğine cinsel istek duyan sağlıklı bir kadındır.

Nedim'in aşkını dinledik; bir de çağdaşı sayabileceğimiz Karac'oğlan'a kulak verelim:

Sabahtan uğradım ben bir güzele
Ağlatmadı güzel, güldürdü beni
Ben güzelden de böyle vefa ummazdım
Ağ göğsü üstüne kondurdu beni.

Tomurcuk memesin verdi ağzıma
Yorgunsun sevdiğim, em dedi bana
Yönümü dönderdim inip gitmeye
Sarıldı boynuma indirdi beni

* * *

Peki neden böyle?

Karac'oğlan'ı ve şiirini inceleyen İlhan Başgöz, (*Karac'oğlan*, Cumhuriyet, 1999) bunun gerekçesini Türkmen konar göçerlerin şehirdeki, kasabadaki cinsel tabulardan azade yaşam tarzında bulur.

Çadırdaki Türkmen kadını, dört duvar arasında erkekten ayrı yaşayan şehirli hemcinslerine göre çok daha rahattır. Bütün gün çadır dışında işinde gücündedir. O yüzden İslam mistisizmi kaynaklı bir "soyutlama"ya gelmez. Hayata olduğu gibi şiire de kanlı canlı, gerçek haliyle girer.

İşte o yüzden Karac'oğlan, "Ay doğup da şafak atmada sandım / Meğer yarin düğmeleri çözülmüş," diyerek divan şiiriyle dalga geçer. "Fecr"in onun dünyasında daha somut ve dünyevi bir anlamı vardır.

Sevgili üzerinden Allah'a ilanıaşk etmez; tersine, "Öpülmemiş kızların kabul olmaz orucu," diyerek, aşka mâni olan bir inanç sistemine posta koyar.

* * *

Türkmen çadırıyla Osmanlı sarayının, halk ozanlarıyla İslam kurallarının, dinî yasaklarla seküler ihtirasların, huri hayaliyle dünyevi hakikatin harmanlanmasından ortaya çıkmış bir kültürel senteziz biz.

"Ortaya karışıktır" sevgimiz...

Aşkı Görebilmek

İnanılmaz bir sahneydi okuduğum:

Görmeyenler arası futbol müsabakası... Görmeyen bir forvet, görmeyen bir kaleciye penaltı atacak. İyi de kaleyi nasıl "görecek"? İşte Halis Kuralay, Ayşe Arman'a buna buldukları çözümü anlatıyordu.

Kale direği niyetine, görmeyen iki insan koyuyorlarmış. Penaltıyı çeken bağırıyormuş:

"Sağ kale direği?.."

Karşıdan ses geliyor:

"Buradayım!.."

"Sol kale direği?.."

"Ben de buradayım!.."

"Kaleci?.."

"Burada!.."

Şut!..

* * *

Selis Yayınları'ndan çıkan *Hayata Dokunmak* kitabında görme engellilerin sorunlarını yazan, Boğaziçi Psikoloji mezunu İngilizce öğretmeni Halis Kuralay, o söyleşisinde –görenleri kastederek– "Siz," diyordu "Boğaz Köprüsü'nden geçerken köprünün üzerinde olduğunuzu titreşimlerden fark etmeyi düşünmezsiniz değil mi? Ya da 'Otobüs birazdan sola meyil yapıp duracak, iki durak sonra da ben ineceğim' demezsiniz. Titreşimlerden meyillerden size ne?"

Hayata bir başka gözle "bakmamı" sağlayan bir söyleşiydi.

Zil sesi duysak, "Telefona bak," diyorduk. Oysa telefona koşan, cihaza gözünü dikip bakmıyordu değil mi?

Rüya da öyleydi.

"Rüya gördün mü?" diye soruyorduk. Peki görmeyenler rüya(yı da) görmüyor muydu?

Kuralay, rüyasında yumuşak bir yastığı hissediyordu. Arkadan esen rüzgârı, ortalıkta dolaşan kedinin sesini, kâğıtların hışırtısını...

Görüntü yoktu yani... Sadece sesler ve hisler...

* * *

Bugün caddelerde daha çok görme engelliye rastlıyoruz.

Bunun nedeni sayılarının artması değil, kendi ayakları üzerinde durmayı öğrenen ve dışarı çıkan görmezlerin çoğalması...

Kuralay'ın bir cümlesi çarptı beni:

"Görenler bana görmediğimi söylemese ben görmediğimi bilmiyordum ki!.."

Bu cümleyi söyleyen adam, söyleşide öyle bir sevda tarifi yapıyor ki, insan, "Bunu görebilen biri söylemese, ben aşkı görmediğimi hiç bilemeyecektim," diyor.

Gören bir eşi var Kuralay'ın... "Görür görmez" âşık olmamış tabii... Onun nesini beğendiğini anlatırken, "Konuşması, ses tonu ama asıl, bana olan ilgisi ve paylaşmak, aynı şeyleri hissetmek, ortak hedeflere ilerlemek önemliydi," diyor.

"Karınız güzel mi?" sorusuna yanıtı bir yaşam dersi:

"Kendisi, 'değilim' diyor. Bence güzel!.."

İşte –görebilene– güzellik bu!.. Yüzde değil, bizde...

Aşk Ne ki?

Tatilde iki kitap okudum: Biri Erdal Doğan'ın Sevgi Soysal biyografisiydi.

Doğan, çoğu biyografi yazarı gibi, izini sürdüğü kahramanla özdeşleşmiş belli ki... Sevmiş onu... O kadar ki, her gördüğüne Sevgi'yi anlatmaya başlamış.

"Yoksa âşık mı oldun?" demiş etrafındakiler... O da kitabının adını öyle koymuş:

Yaşasaydı Âşık Olurdum.

Bu isim, ilk duyduğum anda bir soru çağrıştırdı bende:

"Birine âşık olmak için yaşaması mı lazım?"

Sadece kanlı canlılara, akıllı uslulara, dengi dengimize mi âşık oluruz; yoksa aşk, zamandan, mekândan, imkândan hatta insandan bağımsız, bizim besleyip büyüttüğümüz, söz dinlemez, hesaba gelmez bir tutkunun adı mıdır?

Vuslat mıdır o tutkuyu aşk yapan, vuslatsızlık mı daha çok?..

Aşk, "mutluluğa kapılar açtıkça" mı alevlenir; yoksa acılar, hasretler, hatta zulümler doğurdukça mı şehvetinden?..

Ferhad ile Şirin'i, Leyla ile Mecnun'u, Romeo ile Juliet'i efsaneleştiren, imkânsız bir sevdayı göze alıp kavuşamama bahtsızlıkları değil midir?

Vuslata erip bahtiyar olsalar, bir yastıkta kocasalar, mutlu evliliklerinin öyküsünü dinler miydik asırlar boyu?..

Sakın yakınlaştıkça kaybolan bir serap olmasın aşk?

* * *

Sorularımın cevabı, okuduğum ikinci kitaptaydı:

Cem Mumcu'nun, *Sahici Aşklar Külliyatı*'nda... (Okuyan Us, 2003)

Daha ilk öyküde zıpkın yemiş gibi çakıldım.

Bir kambur kızın öyküsünü anlatıyordu Mumcu; kendi hayatından akıp geçmiş bir düş gibi...

İlkokuldan sınıf arkadaşıydı o kız... Üniversiteyi bitirip eski mahallesine döndüğünde hasta olduğunu öğrenmişti. Dişçi muayenehanesindeki işine de gitmiyordu 5-6 aydır... Odasından çıkmadığını, hiç konuşmadığını öğrenmişti. Evine gittiğinde Ayşe'yi yatakta bulmuştu. Zayıflamıştı ama mutluluk yüzünden okunuyordu. Onu görünce, "sus" işareti yapmış ve, "Sakın kimseye söyleme, 6 aylık hamileyim," demişti. Oysa zayıf karnı hiç büyümemişti.

O günden sonra her gittiğinde Ayşe'yi biraz daha zayıflamış bulmuştu. O ise hep aynı şeyi söylüyordu:

"İyice büyüdü artık, tekmelemeye başladı."

Bunu söylerken eliyle sırtındaki kamburu okşuyordu.

* * *

Meğer muayenehaneye gelen bir adamı kapı aralığından görmüş ve tutulmuş Ayşe... Her gördüğünde aşkı biraz daha büyümüş. Adam onu görmese de Ayşe ondan "gebe kalacak" kadar sevmiş adamı; kamburunun içinde bir bebek büyüttüğü duygusunu yaşayacak kadar...

Soruyordu yazar:

"Hem aşk dediğin, hep âşık olana göre değil midir ki?.."

Ayşe'nin sırrını söylememiş kimseye...

9 ay 10 gün sonra eve gittiğinde kambur kızın ölü bedenini bir bıçağın üstünde yatarken bulmuş:

> Kafası düşmüştü ama yine de yere değmiyordu. Yüzü çok güzeldi. Dünyanın en güzel annesiydi. Gülümsüyor gibiydi. Doğururken ölmüştü. Eğildim, iki elimle kıpkırmızı bir bebeği tutarcasına avuçladım yerdeki kanı... Kimsenin görmediği, göremediği bu bebek, hayatımda gördüğüm en güzel aşk çocuğuydu...

* * *

Sizce, mutluluğa kapılar açtıkça mı efsaneleşir aşk; yoksa acılar, hasretler, hatta zulümler doğurdukça mı şehvetinden?..

Yoksa "aşk dediğin, âşık olana göre" midir?

Terk Edilme Acısı

Belki de onu hiç tanımasa daha iyiydi.

Ondan önce alışkındı yalnızlığa; kendi başının çaresine bakabiliyordu.

Sokaklar it kopuk doluydu; onlara alabildiğine güvensiz, kendine aşırı güvenliydi; hepsine kafa tutuyordu.

Evet, belalıydı hayat, zordu ayakta kalmak; ama uğraşıp alıyordu ekmeği aslanın ağzından, karnını doyuruyordu.

Birbaşınalık güç ama tanıdıktı; böylesine acı vermiyordu.

* * *

Oysa onu gördüğünde herkese yaptığı gibi uzak durmuş, kuyruğu dik tutmuştu başta...

Mademki diğer yabancılardan farkı yoktu; gardı düşürmenin âlemi de yoktu.

Ama gözünün taa bebeğine bakıyordu bizimki...

Belli ki ona ilk görüşte vurulmuştu. İlk dokunuştan ebediyen bir arada yaşayacaklarmış gibi bir his oluşmuştu.

Bir sıcak gülüş, bir tatlı sarılışla düştü gardı; kalbini açtı, kedi gibi uysallaştı.

Evet, sevebilirdi bunu...

Hürriyetinden onun için cayabilir, yalnızlığını noktalayabilirdi.

* * *

Yemeklerini paylaştılar önce... Sonra evlerini, yataklarını...
Her yere birlikte gidiyor, hep birlikte geziyorlardı. Tatlı sözler, cilveleşmeler, hediyelerle başı dönüyordu.
Günden güne ona daha da alışıyor, şüphelerinden arındıkça gevşiyor, güven hissiyle tanışıyordu.
Belki de yıllarca boş yere direnmişti böyle bir ilişkiye...
Kendine boş yere ıssız kaleler inşa etmiş, onca acıyı boşa çekmişti belki de...
Kendini tanıyamıyordu:
Aşk, tırnaklarını, dişlerini sökmüştü adeta; onu uysallaştırmış, evcilleştirmişti.

* * *

Bir sabah yalnız uyandı; yanı boştu.
Bahçeyi aradı; yoktu.
Sokağa koştu; uzaklaşan arabanın egzozunu gördü.
Ufukta kayboluncaya dek süzdü arabayı...
"Nasılsa dönecek," diye düşündü o an ... o gün ... o hafta...
"Galiba gelmeyecek," diye kaygılandı o ay sonu...
"Gitmeseydi keşke," diyip durdu o mevsim...
Ve yıl sonu, "Keşke hiç gelmeseydi,"ye döndü hissiyatı...
Öylesine çökmüştü.

* * *

Oysa kimseye güvenmediğinde güçlüydü; aşk, direncini kırmıştı.
Cömertçe açtığı kalp, iltihaplı bir yara olup çıkmıştı.
Sevgisizken aldanmazdı hiç olmazsa; şimdi hem sevgisiz kalmış hem kandırılmıştı.
Tutkuyu bir kez tattığı için hep onu arar olmuş, tokluğa alışınca açlığı unutmuştu.
"Bir gün mutlaka gelecek" ile "onsuzluğa alışmalıyım" arasında gidip gelmekten bitap düşmüştü.
Yeniden it kopuk dolu sokaklara döndüğünde aşka düşmeden önceki halinden eser yoktu.
Hastalanmıştı.

Nefretten korkarken aşkla zehirlenmiş, ihanetle yaralanmıştı.

Sessizce ağladığı gecelerde, "Belki de onu hiç tanımasam daha iyiydi," diye sayıkladı.

Yalnızlık belası, ayrılık acısından âlâydı.

Kuyruğu Dik Tutmak

Karikatürist Necdet Şen'in kedisi Melek'i zehirlediler.

Necdet, bu sevimli sarmanı Yavuz Gökmen'in öldüğü günlerde bulmuş ve ona Yavuz'un dilinden düşürmediği büyükannesinin adını koymuş.

3,5 yıl hayatını paylaşmış Melek...

Sonra, kaldırım kenarında derin bir uykuda bulunmuş. Dili dışarıdaymış. Ağzında kan varmış...

Necdet Şen, kucağına alınca kedisinin zehirlendiğini anlamış.

"Güle Güle Meleğim" başlıklı yazısında, "Sırtı hardal turuncusu, karnı krem karamel sarısıydı kızımın," diyor; "...kuyruğunun ucu rakun gibi çizgiliydi, patilerinin içi pembe pembe... Bana öyle bir sıcaklık ve sevgi sundu ki, tüm yaralarımı sağalttı neredeyse..."

Bu duygusal satırlar arasında küçük bir ayrıntıya takıldım. Necdet, kedisini şişmiş bedeniyle yatarken bulduğu ânı tanımlarken, "Tıpkı kanepenin üstünde mutlu mutlu uyuduğu anlardaki gibi patilerinin ucu içeri kıvrıktı yine," diyordu.

Demek sevmişti katilini...

* * *

Kedilerle ilgili bu durumu yeni öğrenmiştim:

Normalde sokak kedisi kendini saldırgan köpeklere karşı koruyabilirmiş.

Bu direnci kıran tek şey sevgiymiş.

İnsanoğlu, eğer bir sokak kedisinin başını okşar ve ona şefkat gösterirse kedicik kendisinin koruma altında olduğunu zanneder ve sivri tırnaklarını içeri çekermiş.

İşte o zaman da vahşi köpeklerin azgın dişlerini gırtlağında veya itlaf ekiplerinin zehirli etlerini midesinde bulurmuş.

* * *

Melek'in bahtsız yazgısı gibi bu bilgi kırıntısı da bana pek hazin göründü.

Küçücük bir dokunuşta gardı düşen ve ölümcül yaralara açık hale gelen sarmanların kaderinde kendi aşk hayatımızın hülasasını buldum.

Biz de Eros'un şefkatine sığınıp sevdalanınca en mahrem zaaflarımızı ele vermiyor muyuz?

Yıllar yılı ardına sığındığımız barikatların anahtarını gönüllü teslim edip tırnaklarımızı içeri çekmiyor muyuz?

Sevginin bizi kollayacağına, sarıp sarmalayacağına dair ön kabulümüz yüzünden koruma duvarlarımızı gönüllü yıkıp yaralarımızı açık hale getirmiyor muyuz?

Sonra ne oluyor?

Sevdamız en büyük zaafımıza dönüşüyor.

Saçımızı okşayan elin, bizi ilelebet kollayacağına inanıyor, tatlı sözlere kanıyoruz. Taklalar atıp cilveler yapıyoruz.

Ve en ummadığımız anda, en korunaksız halimizle yakalanıyoruz aşkın hoyrat yüzüne...

Şefkatimiz katilimiz oluyor.

* * *

Ders almak mı?

Ne münasebet!..

Daha son ihanetin yarası kabuk bağlamadan, yeni yaralar için aralıyoruz kalbimizin kapısını...

Zavallı bir kedi yavrusundan farkımız yok aşkın karşısında...

Boynumuzda, kalbimizde pençe pençe darbe izleriyle, her sıcak dokunuşta çocukça uysallaşıp her hayal kırıklığında "köpek gibi" pişman olarak, her terk edişte acı çekip her dönüşte biraz daha kanayarak kanayan yerlerimizi kediler gibi dilimizle yalayarak, "Bir daha asla"larla "daima"lar arasında yalpalayarak yara bere içinde yaşıyoruz.

O yüzden "Melek"ler, içe kıvrık patilerle gömülüyor.
Ve hayata "Şeytan"lar hükmediyor.

* * *

Belki de en iyisi kuyruğu her daim dik tutmaktır...

Şefkate kanmış mevta bir ev kedisi olmaktansa gardını almış hayta bir sokak kedisi kalmak evladır.

Yalnızlar İçin

Her sokak, her vitrin, her mesken, koskocaman, kıpkırmızı, kanlı canlı, yusyuvarlak kalplerle doluyken kaburgalarının arasında boş ya da kırık bir kalple dolaşmak ne can yakıcıdır bilirim.

Bir dönem gurbette o "Sevgililer Günü" yalnızlığını bizzat tecrübe ettim.

Okyanusun ortasında susuzluk çekmek gibi bir şeydi.

Parkta tahterevallisinin karşı kefesini dolduracak arkadaş bekleyen bir çocuk hüznü...

Öksüzlere özgü bir "Anneler Günü"...

* * *

Zamane sevdalılarının ortalıkta sereserpe koklaşması, reklamların mütemadiyen âşıkları alışverişe çağırması, "Sevgililer Günü" nün küresel çapta uluorta kutlanması, yalnız kalplerin ıssızlığını perçinler bir kat daha...

Gördükleri her çiftten ayrı bir anı, dinledikleri her anıdan tarifsiz bir acı süzerler.

Aşk dillendirildikçe yitik bir dostun adı gibi çınlar.

Henüz reklamlardakine benzer bir sevda kısmet olmamıştır kimine; ama çoğu doludizgin yaşamış ve sonunda kıymıştır yarine...

Onu acılar çektirerek öldürmüş ve eski bir şarkıya gömmüştür.

Ortak hatıralar mezarlığına...

Ya da ihanetler kabristanına...

* * *

Kimi fazla sevgiye sarıp nefessiz koymuştur aşkını kimi sevgisiz bırakıp boğmuştur.

Kimi busesine kuşkunun zehrini katmış kimi ilgisizliğin kodesine atmıştır.

Kıskançlığın ateşiyle bilenen hançer, sahibi ne kadar çok sevdiyse o kadar derine saplanmıştır.

Doyamadan ayrılanların damağında buruk bir ıstırap tadı kalmıştır.

* * *

İşte o yüzden terk eden, terk edilen, sevdiğini öldüren ya da sevdiğince gömülen, biraz hüzün, çokça çelebi bir gülümsemeyle bakar cilveleşen âşıklara, "Sevgililer Günü"nün haber bültenlerinde...

Kendisi kıymıştır sevdiğine...

Ve bilir ki, diğer kumrular da, yakın bir kıskançlık krizinde ya da özensiz bir birlikteliğin tekdüzeliğinde, kıyacaktır yarine...

Çünkü Ferhad ile Şirin'den, Kerem ile Aslı'dan, Leyla ile Mecnun'dan, Romeo ile Juliet'ten bilir ki, tıpkı sevgililer günlerinin taze gülleri gibi, ömrü uzadıkça solar ateşli sevdalar...

Sadece öldürülen âşıklar yaşar. Aşkta, ölüm ile yaşam arasında ters orantı var.

* * *

Ey sadık üyeleri Kırık Kalpler Kulübü'nün! Sevgilisi olmayanlar! Sevgilisinden ayrılanlar! Sevgilisi uzakta olanlar!

Hiç ilişkiye girmemiş ya da her gömdüğü ilişkiyle bir parça eksilmiş, her yitik sevdalının ardından acı çekmiş üvey evlatları "Sevgililer Günü"nün!

Bu gece tek kişilik sofranıza çift kadeh koyun! İzleyin canlı yayında potansiyel katillerin buselerini! Siz içtikçe canlansın o güzelim anılar! Unutmayın ki, yalnızlığın da kahredici bir tadı var.

Kalp, Penis, Klitoris

İnsan vücudunda görevini yaparken kanla dolan iki organ var:

Biri kalp...

Diğeri erkekte penis, kadında klitoris...

Aşkı sekse bağlayan en somut kanıt bu galiba...

* * *

Kalp, dakikada 60 ila 80 kez kasılarak akciğerden gelen kanı vücuda dağıtır. Bir uyarılmayla kalp heyecanlandığında kasılmaların sayısı dakikada 200'e çıkar. Kan dolaşımının hızlanması sonucu erkekte penise, kadında klitorise kan dolar; her iki organ da kabarır.

İki cinste ortak ve insanlık tarihiyle yaşıt bir tabii nizam bu...

Vücut, bir sevda çağrısı yapıyor adeta...

Güdülerle "hadi"liyor insanı, "Sev ve seviş!" diye...

Bu çağrıya, yine insanlık tarihiyle yaşıt başka bir nizam yasak koyuyor:

"Sevmek yasak! Sevişmek de..."

* * *

Bedenin kuralları ile cemiyetin kuralları oldum olası çatışır.

Gönül bariyerleri, kadın sünnetleri, bekâret kemerleri, aşk dizilerine getirilen "müstehcenlik" kriterleri, hep kalbe ve cinsel organlara dolan kanı ya da etkisini sınırlamak için...

Bazen kamu, o kana, kanla karşılık veriyor: Bir bakıyorsunuz uzak bir Anadolu kasabasında bir kız çocuğu, kâğıda, "Seni seviyorum," yazmasının bedelinden korkup bedenine silah sıkıyor.

Bir bakıyorsunuz Afganistan'da bir kadın, yasak sevdaya düşmesinin bedelini recmedilerek ödüyor.

Vücudun doğal kan akışını, toplumun kan dökerek cevaplaması; kabaran arzuları yasakla, silahla, sansürle bastırması, kısacası aşktan korkması boşuna değil.

* * *

Aşk bozguncu çünkü...

Beyne hüküm geçse de kalbe söz geçmiyor.

Akıl gemlenebiliyor ama yürek laftan anlamıyor.

Heyecanlandığında, doğanın ona bahşettiği eşsiz mekanizmayla kan pompalayıp önce yanakları kızartıyor, sonra cinselliği uyandırıyor.

Bunun yıkıcılığı fark edildiğinden beri iktidar, bu uyanışa kural koymaya, uyutmaya çabalıyor.

"Ayıp"a inanıp önce organlarını örtüyor insanlar; sonra cinselliğinden utanıyor, sevmeye, sevişmeye korkuyor.

Ana babalar, kutsal kitaplar, din görevlileri, ahlak dersleri, kamu görevlileri, herkes, herkes, yüreğine, cinselliğine kan pompalananlara, "Sakın ha!" diyor.

Vücudu zapturapt altına alma çabaları, erkeklerde iktidarsızlık, erken boşalma gibi sertleşme (yani kan pompalama) sorunları yaratıyor; kadınlar o korkuyla vajina kilitlenmesi yaşıyor.

Ama bütün bu ruhsal, bedensel sakatlanmalara rağmen asırlardır yürek, ne ana baba ne düzen nizam ne kitap kalem tanıyor; bir sevda, kıvılcım aldığında yanağın kızarmasına hiçbir güç, hiçbir kural, hiçbir düzen engel olamıyor.

Heyecanla kalbe dolan, hararetle vücuda yayılan kandan ölen görülmemiştir; oysa kalbin oksijensiz, havasız, sevdasız kalması, yani "kalp yetmezliği" öldürebilir insanı...

Boşa değil, duran kalbi çalıştırmak için, kalbi duranın dudağına yapışırlar.

Siz de her fırsatta dudağına yapışın sevdiğinizin; kalbine sevgiyle masaj yapın – ki kan dolsun, can gelsin yüreğinize, yüzünüze, sevmeyi bilen, sevgiyle büyüyen yerlerinize...

Yürek

Şimdi yazacaklarım bir bilimkurgu öyküsü değil, gerçek:

Sonny Graham'ın kalp yetmezliği vardı. Kendisine sadece altı ay ömür biçiliyordu.

Nakil için kalp bekliyordu.

1995 yılında bir gün, "Uygun kalp bulundu," müjdesi geldi.

Terry Cottle adlı bir Amerikalı, kafasına kurşun sıkarak intihar etmişti.

Graham hemen ameliyata alındı ve kalbi değiştirildi. Sonradan, kendisini hayata döndüren adamı merak etti.

Terry Cottle'ın dul kalan eşi Cheryl'e mektup yazıp tanışmak istediğini bildirdi.

Buluştular.

Graham, kalbini taşıdığı adamın kalbinde sakladığı kadınla tanışınca ona bir yakınlık hissetti.

Bu yakınlaşma kısa zamanda aşka dönüştü.

Yürekler birbirini tanımıştı.

Evlendiler.

* * *

Buraya kadar mucizevi bir aşk hikâyesine benziyor değil mi?

Ama bundan sonrası kâbusa dönüşüyor:

Çünkü Sonny Graham geçen ay, kafasına sıktığı bir kurşunla intihar etti.

Ve geride ciddi bir kuşku bıraktı:

"Acaba nakledilen organ, nakledildiği bedene eski sahibinin kişiliğini de taşıyor mu?"

* * *

Bazıları, "Ne alakası var. Kadın öyle cadıymış ki, kalbine girdiği herkesi intihara sürüklemiş," diyebilir.

Ama *Kalbin Kitabı*'nda Louisa Young (Dharma, 2004) farklı şeyler yazıyor:

1992'de Avusturyalı araştırmacılar, "Kalbi değişen insanın, kişiliği de değişir mi?" sorusunu kalp nakli ameliyatı olan hastalara sordular.

Deneklerin yüzde 79'u buna gülüp geçti. Ama öbürleri, "Kalp, her şeyi değiştiriyor," dedi.

Sakin bir adam birden araba yarışlarına merak sarmıştı.

Bir zencinin kalbini alan ırkçı beyaz, önyargılarından tamamen arınmıştı.

Bir kadının kalbini taşıyan adam, cinsel tepkilerinin değişmesinden korkuyordu.

Bir başkası, "Kalbim beni dinlemiyor," diye sızlanıyordu.

Rivayete bakılırsa cinayete kurban giden bir kızın kalbini taşıyan kadın, ameliyattan sonra karabasanlar görmeye başlamış, sonra kâbuslarındaki adamı, polise tarif edip kalbini taşıdığı kızın katilini yakalatmıştı.

* * *

Kalbin sadece "mükemmel bir pompa"dan ibaret olduğuna inananlar için organlara ruh atfetmek saçmalık...

Peki ama niye herkeste aynı pompa olduğu halde bazılarına "kalpsiz" bazılarına "yürekli" diyoruz?

Neden bazı kalpler daha çok sevgi pompalıyor, bazısı daha çok nefret?..

Tamam, genetik miras var; yaşam deneyimleri var; iklimden coğrafyaya, beslenmeden eğitime dek pek çok faktör kişiliği şekillendiriyor; ama acaba tüm bunlar kalpte mi depolanıyor?

Kalp nakledilince beyni kopyalanan bir bilgisayar gibi insanın tüm duygusal birikimi de bir başka bedene aktarılmış mı oluyor?

Örneğin, sevgi, şefkat, vicdan da kalple birlikte beden değiştiriyor mu?

* * *

Yoksa nakledilmiş kalpteki değişikliğin nedeni başka mı?

Vücudun kendisine yabancı nesneleri, bazen bir diş dolgusunu ya da farklı kan dokusunu reddettiğini biliyoruz; acaba kalp de, yeni girdiği göğüs kafesinde kendini tutsak hissedip yeni sahibiyle dalaşıyor mu?

Yaşayabilmek için başka bir insanın ölümünü beklemek, yürekte içten içe bir suçluluk duygusuna mı yol açıyor?

Acaba birine kalbini vermek, onu bambaşka bir insan mı yapıyor?

Aşkta da öyle olmuyor mu?

Bugün

Dağ başında silahına sarılmış bir asker, uzaktaki kentini ve yârini düşünürken soğuk geceye tül gibi üfleyecek sigarasının dumanını...

Dul bir kadın, yitirdiğine hâlâ inanamadığı eşinin eski eşyalarında kokusunu arayacak.

Bir fanatik, takımını ölesiye sevmesinin, daha önce ölesiye sevmeye değer biriyle karşılaşmamasından kaynaklandığının ayırdına varacak; şimdi cüzdanında ölesiye sevdiği kızın resmini taşırken...

Düşkünler yurdunun komşu odalarında uzun bir ömrün uzatmalarını oynayan iki ihtiyar, evlenip odaları birleştirmeye ve ölümü birlikte beklemeye karar verecek.

Kerhane kapısındaki adam, delice âşık olduğu kadını "mesai" çıkışı karşılarken ona yan bakan adamlara küfredecek.

El kadar çocuklara kalp şeklinde balonlar sattıran berduş, tıpkı sattırdıkları gibi içi boş bir kalp taşıdığının farkına bile varmayacak.

Çok görmüş geçirmiş bir kadın, yalnızlığını paylaşan kedisine sarılırken, "Hepsi yalan; gerçek olan senin sevdan," diye iç geçirecek.

Yüzlerce kızın hayalini süsleyen pop star, sabaha karşı yatağındaki iki kıza ne kadar yalnız olduğunu anlatacak.

Ecelinin yakın olduğunu yeni öğrenmiş bir kadın, onca yıl kutsal bir emanet gibi sakladığı bedenine, giderayak bir dünyevi ödül vermek için şehevi planlar yapacak.

Yeni evli garson, çalıştığı bardaki çılgın parti bir an önce bitsin diye sabırsızlanırken gördüğü iştahlı âşıklara özenmesin, diye eve dönünce genç karısını iyice dövmeye karar verecek.

Tecavüze uğramış Rus kız, kilitlendiği odanın penceresinden sokağa bakarken, "Tam intiharlık gün bugün," diye düşünecek.

Üst katta oturan dilberin posta kutusuna atılan aşk mektubunu yırtan çocuk, geceyi onun balkonundan çaldığı iç çamaşırıyla geçirecek.

İnternet başındaki çapkın, adını bilmediği, yüzünü görmediği birine ilanıaşk edecek, adını vermeden, yüzünü göstermeden... Adsızlaştıkça yüzsüzleşecek; yüzsüzleştikçe gerçek yüzünü keşfedecek.

Her gece aynı kadının numarasını bir kez arayıp kapatan telefon sapığı, "Sevgililer Günü" şerefine ilk kez konuşmayı deneyip yakayı ele verecek.

Metruk bir aşktan yeni kurtulmuş kadın, bir zamanlar uğruna ölmeye hazır olduğu adamı, başkasıyla görüp zerrece etkilenmemesine şaşacak.

Erkek soyunun ne mal olduğunu kendinden bilen bir baba, kızını böyle bir günde, babasının mazideki halinden korumanın derdine düşecek.

Kavuşması imkânsız iki genç, ayrı yerlere kök salmış iki ağaç gibi dallarını, kollarını uzatacak yele; tarifsiz bir kederle...

Mecburiyetten evlenmiş bir çift, başka bir hayatın mümkün olup olmayacağının muhasebesini yapacak telafisiz bir gecikmeyle...

Aynı tuhaf asırda, aynı garip coğrafyayı paylaşan insanlar, apayrı âlemlerde kendi meşreplerince yaşayacaklar 14 Şubat'ı...

Hiç bilmeyecek ya da çok önem verecekler; kutlayacak ya da lanetleyecekler; kâh süslü püslü sözler kâh kirli paslı hislerle...

Kâh umursamazmış gibi yapan bir böbürlenmeyle kâh keyfini çıkarmaya çalışarak kan ter içinde...

Ne kadar farklı olmaya çalışsalar da; hayat boyu sevgiyi yaşadıkları gibi yaşayacaklar, "Sevgililer Günü"nü de...

Aşkın Kudreti

Ey Aşk, Sen Nelere Kadirsin

On sekiz yıl dağda yaşamış, onlarca cana kıymış, adı "canavar"a çıkmış biri, sevebilir mi?

Geçenlerde yaptığım Şemdin Sakık röportajındaki aşka dair bölümler, çoğu okura bu soruyu sordurdu.

Ben soruyu tersten sordum:

"Acaba her şeyden önce sevgisizlikten midir birinin dağa çıkması, silahlanması, cana kıyması?.."

* * *

Belli ki Arthur Schopenhauer'in *Aşkın Metafiziği*'ni okumuş Sakık...

Bütün aşkların, platonik görünseler de aslında haz dürtüsünden kaynaklandığını öğrenmiş.

Kendi deneyimini, bu tezle temellendirmiş.

1992 sonbaharında bir gün sabaha karşı, taa uzaktan gelen bir grubun içinde Laleş'i görmüş.

İlk bakışta, "Aha budur," demiş

Deyiş o deyiş; bir daha silaha dönememiş.

* * *

Öykünün sonrasında aşka ve savaşa dair basit ama hayati bilgiler gizli...

"O kızı sevince kendimi de sevmeye başladım," diyor Şemdin Sakık:

"Ondan sonra saçımı taradım, sakalımı kestim, elbiselerime dikkat ettim. Orada burada yıkandım. O hedefti, ben oktum; o yol, ben yolcu..."

Sonra eğitiminin ekseni değişmiş. O güne kadar savaş eğitimi verdiği militanlarına yaşamı anlatmaya, ölmeyi değil hayatta kalmayı öğretmeye başlamış.

Fakat aşkın her kurum, her nizam, her düzen için yıkıcı olduğunu bilenler devreye girmiş.

Örgüt, "Bu işler devrimden sonra olacak. Önce yuvayı yapalım, çiftleşme sonra," demiş.

Aşka set çekmiş.

Ama Şemdin Sakık için artık çok geçmiş.

* * *

"Sevdiğim anda benim için Kürdistan da, dava da, silah da bitti. Ben ona, Türkiye'yi satardım. Aşk, beni savaştan soğuttu," diyor.

Soğutmanın da ötesinde; aklını durdurmuş aşk...

On sekiz yıldır dağda onca operasyondan, harekâttan kaçabilen aklı, gaflete düşmüş.

İlişkide olduğu iki ay içinde üç kez hava saldırısına yakalanmış, iki kez çatışmanın ortasına düşmüş.

Öcalan acilen Şam'a çağırmış kendisini...

Şemdin de sevgilisine haber yollamış, "Sen de gel," diye...

Ama kızı, Kamışlı'da tutmuş; bırakmamışlar.

Öcalan, en yakını olan Şemdin'i vazgeçirmeye çalışmış:

"Kadın şeytandır, güven olmaz. Seni arkadan hançerler," demiş:

"Bak ben de Kesire olayını yaşadım. Bunlar seni değil, komutanlığını seviyor," demiş; vazgeçirememiş.

Bunun üzerine onu yollayıp Laleş'i çağırtmış Şam'a... Ona da Şemdin'i kötülemiş:

"Bu adam, kadın düşkünüdür; her kadınımıza el atmıştır. Sizi yozlaştırıyor; kutsal davadan koparıyor," demiş, onu da ikna edememiş.

Bunun üzerine başka bir taktiği sokmuş devreye:

Öç duygusunun Sakık'ı nasıl saldırganlaştırdığını görüyormuş. Annesini korumak için babası ile kız kardeşinin intikamı için devletle nasıl savaştığını biliyormuş.

Sevgilisi ölürse intikam için daha da saldırganlaşacağını düşünmüş.

Laleş'i, Bitlis dağlarında görevlendirmiş.

Bitlis, örgüt içinde gidenin dönmediği bir sürgün yeriymiş.

Oyunu anlayan Şemdin, lidere direnip kuşatma altındaki sevgilisini bir telsiz emriyle Diyarbakır'a çağırmış.

Laleş kurtulmuş; Bitlis'teki birliği imha olmuş.

* * *

Şemdin'i hemen sorguya almışlar.

"Operasyonu biliyordun. Kızı kurtardın, öbürlerini ölüme terk ettin. Ajansın," demişler.

O sırada Laleş de Hatay'da yakalanmış.

Şemdin hemen Hatay'a gitmiş. Birilerini rehin alıp sevgilisini kurtarmayı deneyecekmiş.

Ancak olmamış.

Kız, cezaevine girmiş, Şemdin örgütü terk etmiş.

* * *

Şimdi hapiste, 50 yıllık ömrüne damga vuran üç kadını düşünüyor Sakık:

Biri annesi.

Diğeri kız kardeşi.

Üçüncüsü yâri.

Annesi için babasıyla (ve babasının şahsında feodaliteyle) savaşmış.

Kız kardeşi (yaralı yakalanabilecekken) gözünün önünde öldürülmüş; onun için devletle savaşmış.

Ve nihayet sevgilisini kendisine yâr etmediler, diye örgüte bayrak açmış.

* * *

Ama bu arada beklemediği bir şey olmuş.

Yüreği içeriden vurulmuş..

Aşkı uğruna örgütü terk ettiği kız, örgüt uğruna aşkını terk etmiş. Şemdin'i "hain" ilan etmiş.

"Şimdi o cezaevinde... Fotoğrafı hâlâ koğuşumda asılı... Özlüyorum ama ben onun için bir hainim," diyor. Sonra, "Olsun," diye boyun büküyor.

* * *

Belki bir bebekten bir katil yaratan "karanlık"ın da ilk nedeni "sevgisizlik"tir.

Hem tuzağımız hem ilacımız aşk...

Hem kurtarıcımız hem cellatımız...

En büyük sevincimiz en derin acımız...

Şu halimizin müsebbibi ve yegâne çaresi...

Bir Resim, Bir Aşk, Bir Ölüm

İstanbul'da Bedri Rahmi Eyüboğlu'nun sergisi açıldı.

Serginin en kıymetli parçası, *At Üstünde Âşıklar* tablosu...

Mozaik desenli bu yağlıboya tabloda kırat, şahlanmış gibidir. Atın üzerinde iki çıplak âşık oturur. Kızı kaçıran erkeğin elinde bir bağlama vardır.

Kızın saçları rüzgârda savrulmaktadır.

* * *

Tabloda atın terkisindeki adamın Bedri Rahmi, arkasındakinin, eşi Eren Eyüboğlu olduğu sanılırdı.

Eyüboğlu'nun torunu Rahmi, bu sanıyı düzeltmiş:

"O kadın, Mari Gerekmezyan'dır," demiş.

Ben öykünün aslını buram buram resim, boya, çamur kokan bir "müze ev"de Bedri Rahmi'nin oğlu, Rahmi'nin babası Mehmet Eyüboğlu'ndan dinlemiştim.

Yüzyılın Âşkları'nı hazırlıyorduk.

Bedri Rahmi-Eren Eyüboğlu aşkını inceliyorduk. O aşkın içinden bir başka aşk hikâyesi çıkıvermişti karşımıza...

Mari, tablonun yapıldığı 1940'lı yılların ortalarında, Bedri Rahmi'nin asistanlık yaptığı Güzel Sanatlar Akademisi'nin heykel bölümüne misafir öğrenci olarak gelmişti.

Bedri Rahmi'nin bir büstünü yapmış, Bedri Rahmi de buna cevaben onun portrelerini çizmiş, ona şiirler yazmıştı.

Bu Ermeni güzeli, "kara saplı bir bıçak gibi" saplanmıştı sinesine...

Bedri Rahmi'nin sanatı şaha kalktı o dönemde...

En güzel eserlerini vermeye başladı birbiri peşi sıra... *At Üstünde Âşıklar* bunlardan biriydi.

* * *

İşte bir başkası:

Karadutum, çatal karam, çingenem
Daha nem olacaktın bir tanem
Gülen ayvam, ağlayan narımsın
Kadınım, kısrağım, karımsın...

Dillere yerleşen şiirde "karım" diye söz ettiği kadın, karısı değil, sevgilisiydi.

* * *

"Karadut", 1946'da menenjit tüberküloz kaptı.

İyileşebilmesi için antibiyotik lazımdı. Savaş yeni bitmişti ve ilaç ateş pahasıydı.

Bedri Rahmi, genç sevgilisine ilaç alabilmek için tablolarını elden çıkarmaya başladı.

Halen piyasada satılan resimlerinin çoğu, o dönem elden çıkardıklarıdır.

Ancak bu çabalar da sonuç vermedi ve o yıl Alman Hastanesi'nden Mari'nin ölüm haberi geldi.

Bedri Rahmi yıkılmıştı.

Sevgilisini sonsuzluğa uğurladı.

O dönem içkiye başladı. Aşağıdaki şiir, o dönemin eseridir:

Türküler bitti
Halaylar durdu
Horonlar durdu
Hüzün geldi baş köşeye kuruldu
Yoruldu yüreğim, yoruldu.

Keder içinde eve, eşi ile 11 yaşındaki oğluna döndüğünde kendisini teselli eden, yine Eren oldu.

Şair-ressamın 1974'teki ölümüne kadar geçen çeyrek asrı, aynı evde çalışıp üreterek diz dize birlikte tükettiler.

* * *

Oğulları Mehmet, babası ve annesinin izinden o geleneği yaşattı. Son yıllarını aynı evde yazma desenleri tasarlayıp yazma basarak, anne babasının yazışmalarını yayımlayıp eserlerini yaşatarak geçirdi. Ve aynı evde 70 yaşında hayata veda etti.

* * *

Bedri Rahmi'nin resimlerini görmeye gidin bir ara...
At Üstünde Âşıklar'a bakın uzun uzun...
İçindeki gizli öyküyü düşünün.
Aşka, sevdaya, sanata şapka çıkarın.

Nedamet

Sting, "Moon Over Bourbon Street"[1] şarkısında New Orleans sokaklarında gezinen bir gençten söz eder. (Yıldırım Türker'in tercümesiyle) der ki:

Çok geceler geçirdim altında penceresinin
Kendimle savaşarak pençesinde içgüdülerimin
Tanrı'ya yakarır sorarım, "Bu hale nasıl geldim," diye
Mecburum öldürdüğümü sevmeye, sevdiğimi öldürmeye...

* * *

Bu melodinin nota çizgilerinde sallanan ağır pişmanlık duygusuna *Vatan*'da rastladım. Mine Şenocaklı'nın "Şimdiki Aklım Olsaydı" dizisinin konuğu Hasan Fehmi Güneş'ti.

Güneş, en büyük pişmanlığı olarak Aynur Aydan'la ilişkisini gösteriyordu. Terörle cebelleştiği 1979'da, tam da silah kaçakçılarının, çetelerin üzerine cesaretle yürürken *Hafta Sonu*'nun bir manşetiyle devrilmişti:

"Bakan Bey'i yakaladık!"

Fotoğrafta Güneş, şarkıcı Aynur Aydan'ın kapısını çalarken görülüyordu.

* * *

1. (İng.) Bourbon Sokağı Üzerinde Mehtap.

Haberi Kars'ta, özel kalem müdüründen almış Güneş... Hemen Ankara'ya koşup Başbakan Ecevit'e çıkmış. Kendi hatasının partiye saldırı bahanesi olabileceğini söylemiş, "Siyaset, özel yaşamdan özveri ister," demiş ve istifasını vermiş.

Aynur Aydan'ı da bir daha hiç görmemiş.

Ya eşi?..

Geçen ay, bir yastıkta geçirdikleri 40 yılı kutladıkları Yurdacan Güneş'le, basınla konuştuğu kadar bile konuşmamış bu konuyu...

Sadece üç sözcük söylemiş; nice yaranın merhemi olan o üç sihirli sözcüğü:

"Çok özür dilerim!"

* * *

Güneş, bugün komplo iddialarını es geçiyor, hatasını üstleniyor.

Bu olay olmasa kaderinin bambaşka gelişebileceği ihtimaline ise bilgece bir yanıtla dudak büküyor:

"İnsanın ne olabileceği ancak ne olduğuyla sınırlıdır."

O günlerde Aynur Aydan'ın cüretkâr fotoğraflarına bakanlar şunu sormuştu:

"Mevkii, istikbali, eşi, çocukları olan bir adam, neden böyle bir ilişki için riske eder hepsini?.."

İçgüdülerinin pençesine düştüğünden mi?

Belki...

* * *

O içgüdüler, kişilik denen uçurumun en derinlerinde gömülüdür.

Modern Rus edebiyatının kurucusu sayılan Puşkin, kitaplarında romantik şiirlerini yayımlarken günlüğüne pornografik içgüdülerini yazıyordu. Puşkin'e ait olduğu iddia edilen *Gizli Günce*'yi (Chiviyazıları, 2000) okurken sevgilisi için söylediği iki cümle dikkatimi çekmişti:

Hangi biçimi istersem, o biçimi alabileceğini düşünmüştüm.

Sadece Tanrı'nın yaratış ânında hissedebileceği bir coşkuyla doluydum.

İnsan bazen tüm biriktirdiklerini riske etme pahasına, kendine sakladığı ya da düşünde yarattığı bir aşk bahçesinde, gizliden gizliye bir heykel yapar gibi bir ilişki tasarlar. En mahrem duygularını vehmeder, arzularını giydirir ona...

Aslında gerçek değildir, heykeltıraşın hayalidir o... Tanrısal bir coşkuyla yoğurup gönlünce şekil vereceği, üzerinde fantezilerini gerçekleştireceği bir heykel...

* * *

Bu hayal, iki türlü son bulur: Ya heykel bir baskında ele geçirilir. Veya model, heykeltıraşın düşlediği biçimi alamaz. Çünkü, "İnsanın ne olabileceği, ancak ne olduğuyla sınırlıdır." Sonunda heykel kırılır; ama kırılırken riske edilmiş öbür hayatlara da kıyar.

Artık heykeltıraş için nedamet günüdür.

O gün, "Sever öldürdüğünü ve öldürür sevdiğini..."

Aliye ile Ramazan

Öyle tesadüfler vardır ya: Bir otobüs durağında poşetlerle beklerken rastlaşırsınız aniden...

"Bu o," diye içiniz titrer. Bir zamanlar yüreğinizi yakan âşık; sarkmış göbeği, ağarmış saçlarıyla karşınızdadır... İki yanında iki çocuk...

"Nasılsın?"

"İyiyim... Ya sen?"

"Kızın amma da büyümüş... Benim de var 10 yaşında..."

"Annen, baban?"

"Babamı kaybettik. Annem hasta..."

"Mutlu musun?"

Sessizlik...

"Telefonumu vereyim, ararsın belki..."

İki yanakta iki masum buse; biri eski sevgiliye, diğeri onunla birlikte yitip giden maziye...

"Kimdi o amca anne?"

Yüreğinizde belli belirsiz bir iç çekme ve aklınızda hınzır bir soru işareti:

"Acaba?"

* * *

Aliye ile Ramazan'ın aşk hikâyesinde buna benzer bir hüzün gizli...

Polis Memuru Ramazan Bey, Öğretmen Aliye Hanım'a 1954'te Karabük'te evlenme teklif etmiş. Annesine bakmak zorunda olduğundan kabul edememiş Aliye... Bir başkasıyla evlenmiş Ramazan... Üç çocuğu olmuş ancak Aliye'yi hep aklında, göğsünde saklamış. Gün gelmiş, eşi, göğüs kanserine yenik düşmüş. Ailesi, "Üç çocukla bir başına baş edemezsin, evlen," diye tutturmuş. O da, "Yıllar önce bir sevgilim vardı, evlenirsem onunla evlenirim," demiş. 17 yıl sonra gençliğinin Karabük'üne dönmüş ve Aliye'nin peşine düşmüş.

Öğretmenlik yaptığı okulda bulmuş onu... Müdürün odasında beklemeye koyulmuş. Aliye odaya girip de eski aşkını karşısında görünce şaşkınlıktan dışarı kaçmış. 17 yıl önceki teklifi yinelemiş Ramazan:

"Evet," demiş bu kez Aliye Öğretmen...

* * *

28 yıl evli kalmışlar. İkinci baharı yaşamışlar. Malum, ikinci bahar, "son"bahardır. Orada aşk, hayatla cilveleşmekten çok, hayat denilen çileyi birlikte göğüslemektir.

71 yıllık yorgun kalbi teklemiş bir gün Aliye'nin... Ramazan bir ambulansla hastaneye yetiştirmiş eşini... Kabul etmemişler, paraları yok diye... Sonra bir başkasına... Yine ret... Aliye Hanım ölümün eşiğinde duyuyormuş Ramazan Bey'in çırpınışlarını...

"Allahım bunlar ne yapıyor," diye ürperiyormuş.

Ramazan Bey'se, "İlk göz ağrım gidiyor," diye sızlanıyormuş için için... "Ona bir şey olursa ben ne yaparım?.."

Sonunda Ramazan Bey'in yeğenlerinin parasıyla bir özel hastaneye yatırabilmişler. Fotoğrafı vardı *Milliyet*'te... Aliye Hanım yatakta; Ramazan Bey başucunda... Sağ eli sımsıkı eşinin avucunda...

* * *

"İlkbaharda çoğunlukla imkânsızlıktır aşkı filizleyen, besleyen; "sonbahardaysa fedakârlık...

Çocuklara, "Aşk nedir?" diye sormuşlar. Şöyle demiş afacanlardan biri:

"Anneannem sırtından hasta olmuştu. Eğilemediği için ayaklarına oje süremiyordu. Dedem, devamlı elleri titremesine rağmen anneannemin ayaklarına oje sürüyordu. Bence aşk budur."

Başka Hayatlar

Meslektaşım Fügen Yıldırım, *Fahişeliğin Öbür Yüzü* (Metis, 2002) kitabında, dünyanın en eski mesleğinden on beş kadınla konuşmuş.

Her biri diğerinden ilginç bu hayat hikâyeleri içinde, değme senaryoya taş çıkartan Gül'ün öyküsü, beni hiç tanımadığımız "başka hayatlar"a taşıdı:

* * *

Gül'ün annesi genelevde çalışıyormuş. Onu halası büyütmüş. Halasının İzmir'deki fırınında okul dönüşü ekmek dağıtıp su taşır, akşam yorgun, yatağa serilirmiş. Sabahın 2'sinde tekme tokat yine ekmeğe...

Annesi ara sıra evin önünden geçer, Gül ardından ağlarmış. 11 yaşında Ankara İskitler'de annesiyle yaşamaya başlamış. Ancak annesinin Adanalı dostu Gül'ü tacize başlayınca tatsızlık çıkmış. Yeniden hala evine yollanmış Gül...

17'sinde istemeyerek bir Urfalıyla nişanlanmış. Nikâhı kıyıldığında hamileymiş. Çocuğu, doğum yaparken ölmüş.

* * *

1969'da ikinci çocuğuma hamileyken annemin yanına geldim. Kızımla yaşamaya başladık. Bir gün pazarda İskender'i gördüm ve çarpıldım. O da beni takip ediyormuş. Onu eve aldım, bir hafta hiç çıkmadık.

Böylece İskender'le yaşamaya başlamış Gül...

Üç buçuk yaşındaki kızını, babası Viranşehir'e kaçırınca İskender'le İzmir Kilizman'a taşınmışlar. Bir beton üstüne çadır kurmuş, çeyizindeki bir top kumaştan perde, minder dikmiş... Ama yağmurda yerle bir olmuş "cennet"leri. İstanbul'a dönüp İncirli'de ev tutmuşlar. İskender işe, hayatları düzene girmiş. Sabah uğurluyor, akşam balkon demirine iki tahta uzatıp masa kuruyormuş kocasına...

Lakin çok geçmeden işten ayrılmış İskender. Bakkala, kasaba borç takmış. Kaynana gelip "büyü" yapmış oğluna... Götürmüş yanında...

* * *

Perişan oldum. Annem, Karaköy'de çalışıyordu. "Gel sokak orospusu olacağına, hayatını kurtar," dedi.

1970'te o önde, ben arkada geldik Karaköy'e... İlk olarak kerhaneye giriyordum. Ortalık adam kaynıyor, çıplak çıplak kadınlar...

Hiç unutmam, 8 numara... Herkes sıraya girdi. Adamlar birbirinin üzerinde... Camgöbeği gömlek, üzerine pembe hırka giymiştim. Fıstık gibiyim. Adamlar geliyor, "Bu odaya gir," diyorlar, giriyorum. Kapıya gelip, "Hadi, üzme kızı," diyorlar, yıkanıyorum, bir daha...

Üç saat sonra elime para verip yolladılar. Doğru plakçıya gittim. Türk sanat müziği plaklarıyla bir şişe şarap aldım. Geldim eve... İskender'le resmimizi karşıma koydum. "Ben artık o... oldum," diye ağlayıp kahrettim sabaha kadar...

* * *

Randevuevleri, pavyonlar, Beyoğlu otelleri gezip durmuş Gül.... İskender'i unutamamış. Sonunda İzmir'de bulmuş onu, önüne diz çöküp, "Ben orospu oldum," demiş; "N'olur gel!.."

"Gelirim ama azap çektiririm sana," demiş İskender.

Kabullenmiş Gül... Ama asıl o, İskender'e azap çektirmiş. Gün boyu onlarca adamın altına yatmaya giderken erkeği, kızlara bakmasın, diye evin balkon kapısını kilitliyormuş.

Gün gelmiş, kızını yanına alabilmek için İskender'i terk etmiş.

Ama kızını vermemişler Gül'e... Erkeğinden olduğuyla kalmış. Birlikte yaşadığı yeğeni intihar etmiş, üç ay sonra kardeşi esrardan ölmüş, annesi yatağa düşmüş.

Edremit genelevindeyken polis odasında esrar bulmuş bir gün... Yirmi ay hapis yatmış. Çıkınca İstanbul'da gazinoda çalışmaya başlamış.

Yine İskender diye ölüyorum ben... Annem bileziğini verdi. "Bunu yol parası yap, İskender'ini bul, evlen," dedi. Bir manav arkadaşı vardı, onu buldum. "İskender'i çağırır mısın," dedim. "Yenge bugün 2'de İskender'in nikâhı var," dedi. Güldüm. "Sahi mi?" dedim. Sanki dünya çöktü başıma...

* * *

Yıllarca genelevde esrar çekip İskender'i düşünmüş Gül...
Sonunda dayanamayıp aramış:
"Merhaba... Benim... Tanıyamadın mı?.."
Şaşırmış İskender:
"Evlendim, bir de oğlum var," demiş.
Birkaç konuşmadan sonra buluşma teklif etmiş:

Aman Yarabbim, duymak istediğim buydu. Telefon kulübesinden çıktım, koşarak eve geliyorum, mutluluktan ağzım kulaklarımda... Banyomu, makyajımı yaptım. Aradan 10 yıl geçmesine rağmen hâlâ aynı heyecan... Kalbim duracak. Çay yaptık, "sigara" sardık yine... İskambil oynadık eskisi gibi... Ondan sonra eve gitmemeye başladı. Bizde kardeş kardeş yatıyoruz. İstiyorum ki ona sarılayım. Kanser olsam onu koklayınca geçer gibi geliyordu.

Yine sarılmadan gidecek, diye düşündüğüm bir gün, sarılıp sıktı beni. "Lan, yapsaydın ya bunu daha önce, azap çekiyoruz ikimiz de..." Çabuk oldu... Üstüme çıkmasıyla bana yabancı bir müşteri gibi geldi. O anda nefret ettim ondan. Kalkıp su koydum, banyosunu yaptı, kahvaltı ettik, işine gitti. Ağlamaya başladım. Annem, "Ne oldu?" diye sordu, "Benim aşkım öldü," dedim.

* * *

Denizli'de yedi yıl sonra yeniden geneleve dönmüş Gül... "Ruhunu hiç kirletmemiş." Bir ara, artık 22 yaşında olan kızını, damadını, torununu bulmuş. Onlar soğuk davranınca vedalaşıp ayrılmış.

"Şimdi hayalim lotoyu tutturmak," diyor; "İstanbul'u gezip hoşuma giden yeri alacağım. Oraya bir aile mezarlığı yaptıracağım. Sırayla annem, kardeşim, yeğenim. Taşlarına insanların ders alacağı güzel ağıtlar yazacağım. Sonunda benim yerim de orada olacak."

Kalp Açılımı

Nicedir, "Kürt açılımı"nı tartışıyoruz.

Yol haritaları çiziyoruz, paketler açıyoruz.

Siyasi, iktisadi, kültürel adımlardan söz ediyoruz.

Ama sorunun fazlaca tartışmadığımız bir boyutu daha var:

Kalp boyutu...

"Türkler ve Kürtler asırlardır kardeştir," diye başlayan cümlelerin, "kardeşi, kardeşe düşman edenler"e lanet etmelerin örtmeye yetmediği bir dip akıntıdan söz ediyorum.

Sevda kapılarının açık olup olmamasından...

Yani bir "kalp açılımı" ihtiyacından...

* * *

"Orada sorun yok ki," diyenlere İzmirli bir okurumun kederli mektubunu okumak isterim.

"Can Abi," diye başlıyor mektup:

"Derin mi derin bir aşk acısı çekiyorum... Yardım!"

Acıyı çeken kız, İzmir'den gelmiş Ankara'ya...

Urfa'dan gelen bir Mardinliyle Dil Tarih'te kesişmiş yolları...

Lakin sonra, kan kesmiş yollarını...

* * *

Oysa kızın kanı, en baştan kaynamış ona...

Önyargı, sevdasını dile getirirken bile dökülüyor satıraralarından... Diyor ki:

Güneydoğulu ama birçok Batılıya göre o kadar zarif, derin, dolu bir insan ki... Ona yan gözle bakan "reis" abilerle karşılaştırılmaz bile... Kendimi ondan uzaklaştırmak için uğraştım, olmadı.

Daha açılamadan, tatil dönüşü Mardinlinin okuldaki kaydını dondurduğunu öğrenmiş İzmirli...

İngilizce kursuna gideceğini bildirmiş okula; ama ayrılık kararı, intihar etmiş bir yakını yüzündenmiş.

İzmirli kız mahvolmuş üzüntüden...

Sonra bir gün, "kafası iyi"yken, kilometreler ötesine elini uzatmış, yazıp göndermiş duygularını sevdiğine...

Bu zor günlerde oralarda kendini yalnız hissetmesin, okulda onu bir arayan, bekleyen, özleyen olduğunu bilsin diye...

* * *

Yıllar önce Türklere hitaben bir yazı yazmıştım:

"Her Batı dilinde 'Seni seviyorum,' demeyi bilirsiniz de asırlardır birlikte yaşadığınız Kürtlerin dilinde ilanıaşk edebilir misiniz? '*Ez gellek hêz dıkım*'ın anlamını bilir misiniz?" diye sormuştum.

"Bir gün lazım olacağını hiç düşünmemiştim," diyor İzmirli... Oradan kopya çekmiş. Aşkını ilan etmiş.

Karşılığında acı bir cevap gelmiş.

Sadece onun için değil, hepimiz için acı...

Demiş ki Mardinli:

> Bizim buralar çöldür,
> ve insanları doğasıyla özdeş.
> Gönülleri çatlaktır ve çatlakları derindir.
> Öyle derindir ki:
> hiçbir deniz, çatlamışlıklarına su olamaz.
> Aman! Deniz onlarda boğulmasın.
> Yazık olmasın denize,
> boş ver...

* * *

Sarsılmış İzmirli kız...
"Çöl"ün çoraklığına hayıflanmış; "deniz"in kifayetsizliğine...
Paylaşarak azaltmak istemiş derdini...
Yakın arkadaşlarına açılmış.
Ummadığı kadar büyük tepki görmüş.
Onlar da çorak topraklar ile bereketli suların bir arada olamayacağından dem vurmuşlar hep....
Bir tanesi, "O Kürt, sen Türk'sün... Bir araya gelseniz de yürümez ki bu iş," demiş.
Diğeri, "Normal zamanda olurdu belki ama şimdi terör var," diye itiraz etmiş.
"Yüzüme bir tokat gibi çarptı kimliğim," diyor İzmirli. "Ailem de bilse, yaşıtlarımla aynı tepkiyi verirdi."

* * *

Mardinlinin oralardan bir şairi, Ahmed Arif'i okumuş arkadaşlarına:

Dost düşman söz eder kendi kavlince
Kınanmak yiğit başına
Bu ne ayıp ne de yasak
Öylece bir gerçek, kendi halinde
Belki yaşamama sebep...

Ama Mardinlinin kuşkusu da, arkadaşlarının tepkisiyle benzermiş. O da, "Ya sonrası," diyesiymiş.

* * *

Bana yolladığı mektupta şöyle diyor İzmirli:

Onun oralarda yaşadığı acılar, gençliğimize kıyan bu Doğu-Batı çatışması, benim aşk acımdan da derin...
Lanet okudum bu duruma... Türk'ün Kürt'e aşkına ipotek koyanlara, "Bir Türk kızı Kürt'e âşık olamaz," diyenlere bin lanet!..
Bir gün köşenizi bize, bizim gibilere ayırsanız; "İzmirli, Mardinliye âşık olamaz mı?" diye sorsanız olmaz mı?

* * *

Bugün o gün işte...
Onun güzelim satırlarını bu köşeden Mardin'e yolluyorum:

Onu çok seviyorum, çok özlüyorum. En azından sizin köşenizde ona kavuşabilmeyi, diğerlerinin de kavuşabilmesini diliyorum.

"İzmir'in kavakları"ndan, "Mardin Kapı şen olur"a köprü kurabilmek, "Buralarda da yar seven / Ölmezse verem olur," diyebilmek istiyorum.

Sarhoşken bu türküyü söyleyip arkadaşları halay çekmeye zorladığımı bilsin, yüzü gülsün istiyorum.

Bu insanlık ayıbının son bulmasını diliyorum.

* * *

"Kürt Açılımı"ndan söz ediyorduk ya...
Kalpleri açmak da yol haritasının bir parçası...
Onlar açılmadan, ne kadar baraj, köprü açılsa da nafile zaten...

Kalp Açılımının Sonu

XXI. yüzyıldan yerli bir "Romeo ile Juliet öyküsü"ydü İzmirli kızınki...

"Kalp Açılımı" yazısı yayımlandıktan bir süre sonra yeni bir mektup gönderdi.

İlk coşkunun yerini yılgınlık almıştı.

"Yazdığınız öykünün sonunu merak edersiniz belki," diyordu.

Sevdasının başlamadan bittiğini yazıyordu:

"Karşılıksız aşk olsa 'kader' derdim. Ama bu başka... Bu, benim de kişisel tarihime geçecek tarihsel bir acı..."

"Ayrı dünyaların insanları"nın aşklarının bitme nedeni ne oğlanın ailesinin itirazı ne de kızın eve dönmek zorunda kalması...

Daha da acısı...

Oğlan, yazın gittiği Mardin'den bambaşka biri olarak dönmüş. Türklerden nefret eder olmuş.

"Çocuğum olursa Türkçe öğretmeyeceğim," diyecek raddeye gelmiş.

İzmirli kızdan köşe bucak kaçmaya başlamış.

"Tarihsel acılar yanında bu gönül konusu boş kaçıyor"muş.

"Mardin'den dönen, o sevdiğim adam değildi," diye yazıyordu İzmirli kız:

O, kırmamak için kırılan kibar insan gitmiş; acılı, öfkeli, kırıcı bir insan gelmiş. Onun öfkesi bana da yansıdı. Bu ülkede onu bana, beni ona bu kadar yabancı, bu kadar uzak kılanların gelmişine geçmişine sövmek geliyor içimden... Daha ne kadar bölünebilirdik ki?

* * *

Teorik düzeyde tartışıp durduğumuz meselenin "yüreklere işleyen" böyle bir yanı var.

Bizi bize düşman eden, kız alıp vermez, birbirine gönül veremez hale getiren, denizleri çölleşmiş gönüllerin çatlaklarında tüketen bir husumet dalgası...

İzmirli kıza, Nietzsche'in *Böyle Buyurdu Zerdüşt*'ünden (Cem, 1999) iki cümle yolluyorum:

> İnsan, kirli bir nehirdir. Kirli bir nehri, kirlenmeden içine alabilmen için deniz olman gerekir.

II

EROS'UN YENİ YÜZLERİ

Değişen Kadınlar ve Erkekler

Neden Kadın Şair Yok?

Bu soruyu, yıldızlı bir gece yarısı, semaya doğru birbirinden güzel mısralar haykıran dostlara soruverdim apansız...

Saatlerdir birbiri ardınca okunan harikulade şiirlerin biri bile kadın şair elinden çıkma değildi.

"Bana üç kadın şair sayın," dedim; zorlandılar.

Sonra antolojilere baktım:

Memet Fuat'ın *Çağdaş Türk Şiir Antolojisi*'nde (Adam, 1996) seksen dört şair arasındaki tek kadın Gülten Akın'dı:

Ah kimselerin vakti yok
Durup ince şeyleri anlamaya
Kalın fırçalarını kullanarak geçiyorlar
evler, çocuklar,
mezarlar çizerek dünyaya

İlhami Soysal'ın *20. Yüzyıl Türk Şiiri Antolojisi*'ndeki (Bilgi, 1973) altmış şair arasına, Gülten Akın dışında bir de Türkan İldeniz girebilmişti:

Beni senden zorla kopardılar yiğidim
Bir kınamadır tutturdu gözleri
Cümlesi bir olup kanıma tükürdüler
zincirlediler ellerimi
Seviyorum diye başlayacaktı savunmam
söz hakkı vermediler.

* * *

Kadın şair azlığının nedenini tartışırken kadının, erkek toplum içinde ezilişinden, ev işlerine mahkûm edilişinden dem vuruldu. Bunlar doğruydu da, soruyu yanıtlamaya yetmiyordu:

Neden kadın romancı ya da öykücü deyince bir çırpıda on isim sayabiliyorduk da şair gelmiyordu aklımıza?

Şiiri bu denli erkeksi kılan neydi?

Şiirin bir zaafı mı, erkeğin bir vasfı mı?

En maço tabiriyle, "Kadın yazmıyor, yazdırıyor," muydu?

* * *

Yanıtı, Prof. Dr. Nazan Bekiroğlu'nun "Osmanlı'da Kadın Şairler" makalesinde buldum:

> Osmanlı'nın geleneksel döneminde kadın şair yok denecek kadar az. Çünkü kadınların şiir biçiminde bile duygularını ifade etmesi, hatta "vuslat, aşk, muhabbet, sevda, yâr" gibi sözcükleri kullanması ayıp sayılmaktadır.

Bu durum, kadın ruhunda bir sakınım içgüdüsü yaratıyor. Kadın, "maddi cazibe"den, yani başını açmaktan kaçındığı kadar, "manevi cazibe"den yani yüreğini açmaktan da kaçınıyor.

"Ya susacak ya toplumsal baskıyı göze alacaktır. İkisini de yapamayan, klişeleri erkeklerce belirlenmiş bir söylemi taklit eder. Bu, baştan yenilgidir."

"Bugün hâlâ Yahya Kemal ya da Necip Fazıl ölçüsünde bir kadın şairimiz yoksa ama Yakup Kadri ya da Kemal Tahir ölçeğinde romancılar olarak Halide Edip ya da Adalet Ağaoğlu'dan bahsedebiliyorsak bu, gelenek yokluğundandır," diyor Bekiroğlu...

Kadın şair, Tanzimat'ta şiir koşusuna katıldığında erkek meslektaşı altı asırdır yazıyordu. Oysa romanda öyle değil. Roman, Tanzimat'la başladı. İlk Türk romanı Şemseddin Sami'nin *Taaşşuk-ı Talat ve Fitnat* (1872) ile Fatma Aliye'nin *Muhâdarât*'ı (1892) arasında sadece on altı yıl var. O yüzden erkeklerle aşık atabiliyor kadın romancılar...

* * *

Ancak günümüzde işler değişiyor. Kadın, hayatla birlikte şiire de sızıyor.

Müjgan Cunbur ile Neriman Saryal'ın derlediği *Türk Kadınının Şiiri* (1997) kitabında Lale Müldür'den Perihan Mağden'e, Gülsüm Akyüz'den Melisa Gürpınar'a dek 100'ü aşkın kadın şair adı var.

Yılmaz Odabaşı'nın *Son Çeyrek Yüzyıl Şiir Antolojisi* (Alfa, 2003), yeni kuşaktaki kadın şair patlamasının belgesi...

Sombahar dergisinin "Kadın Şairler Özel Sayısı"nda (Ocak-Nisan 1994) Günseli İnal, "Bir toplumda kadın şairin varlığı, o toplumun ilerleme ve uygarlık düzeyi göstergesidir," diyor.

Erken yitirdiğimiz Nilgün Marmara'nın bir çığlığıyla bitirelim:

Ey, iki adımlık yerküre
senin bütün arka bahçelerini gördüm ben...

Kadın Ne Der, Erkek Ne Anlar?

Zonguldak Emniyet Müdür Yardımcısı, kadınların "ilgi çekmek için" intihara kalkıştıklarını söylemiş.

Tipik bir, "kadın ne der, erkek ne anlar" vakası...

Diyelim ki öyle... Peki canları pahasına ilgimizi çekmek istedikleri şey ne ola ki?

* * *

Bir örnek olaydan gidelim:

Türkiye'de "kadın intiharları" denince akla Batman gelir.

Bir ara hep Batman'da canına kıyan kadın haberleri okurduk.

1999'da intihar eden kadın sayısı 19'du.

2000'de 33 olmuştu.

Bu rakamlar, Türkiye ve dünya ortalamasının üstündeydi.

Konuyu Müjgân Halis, *Batman'da Kadınlar Ölüyor* kitabında (Metis, 2001) incelemişti. Vardığı sonuç, sosyolojik bir saptamayı doğruladı:

"İntihar, bir savaş sonrası sendromudur."

* * *

Güneydoğu'da evde baskı gören genç Kürt kadını, kaçıp dağa çıkarak PKK'ya sığınarak kendine bir yol açmaya çalışıyordu.

Dağ yolu kapandığında, yeni bir yol da açılmayınca çaresizlik, o kadınları intihara sürüklemişti.

Son yıllarda Batman'dan gelen intihar haberleri azaldı.

Neden?

Nevruz'da Güneydoğu'da olanlar nedeni gördüler. Alanları dolduranların, önde saf tutanların çoğunluğu kadınlardı.

Toplumun ciğerleri özgürlük rüzgârıyla doldukça, demokratik katılım yaygınlaştıkça, kadın da siyasette kendini ifade şansı buluyor, yarın umudunu koruyor, yaşama tutunuyor.

Emniyetçi tabiriyle "ilgi çekmek için" intihara ihtiyacı yok artık; sesi Ankara'dan duyuluyor.

* * *

Yeri gelmişken şiddet konusuna da değinelim:

Şimdilerde her gün kadın cinayeti haberleri alıyoruz.

Kadına yönelik şiddet mi arttı; görünürlüğü mü çoğaldı?

İkisi de doğru olabilir.

Yaşlılara, çocuklara, göstericilere, muhaliflere yönelik toplumsal şiddetten kadınların da nasiplendiği söylenebilir.

"Sadece evde değil ki, Meclis'te, seçim meydanında, TV stüdyosunda, futbol tribününde de saldırgan bir dil ve şiddet eğilimi büyüyor. İfade özgürlüğünün önüne engeller konuldukça şiddet her alanda yegâne çözüm yöntemi olarak öne çıkıyor," denilebilir.

Ama asıl neden bu değil bence...

Asıl neden, kadının artık kolayından boyun eğmemesi, erkeğe itiraz etmesi, "Hayır!" demeyi öğrenmesi...

* * *

Türkiye'nin bir dönem en çok izlenen TV dizisinin başrolünde, hoyratlığa isyan etmiş, boşanmış, çocuklarıyla tek başına ayakta durmayı başarmış bir kadın vardı. Milyonlarca kadın, onun varoluş mücadelesini ekran başında gözyaşlarıyla destekliyordu.

Günümüzün kahramanları artık horlandıkça diklenen, ezildikçe cesaretlenen, dövüldükçe direnen kadınlar...

Berfo Ana gibi 100 yaşında Başbakan'a kayıp oğlunun hesabını soran, Türkan Albayrak gibi grev çadırında tek başına dalgalanan, kazanan kadınlar...

Onları gördükçe güven tazeleyip baş kaldırıyor ezilen kadın...

İtaatsiz oluyor.

Kadın için riskli bir ayaklanma bu... Çünkü erkek, alışmadığı bu direniş karşısında elinde kalan tek silaha, kas gücüne sarılıyor. Çoktan kaybettiği bir iktidara hâlâ sahipmiş gibi yapmaya devam ediyor.

Ve her iktidar değişikliği gibi bu da sancılı oluyor.

Evlerden kanlı bir iç savaşın sesi geliyor.

Yine de umutsuzluğa gerek yok:

Erkek, iktidar tahtından vurarak vuruşarak çekiliyor.

Ama nihayette, sallanan bir tahtın gümbürtüsü bu...

Dizilerin Kadınları

Kadın ve Aileden Sorumlu Devlet Bakanı, Türk aile yapısıyla örtüşmeyen dizilerden yakındı.

"Güçlü aile yapısı"na zarar verecek görüntülerin yer aldığı dizilerin şifreli yayımlanması için çalışma başlattıklarını açıkladı.

Eski tartışma:

Diziler "yanlış hayat"lar mı kurguluyor?

Yoksa yaşadığımız hayatı mı yansıtıyor?

İkincisi doğruysa onları gizlemekle aynayı taşlamış olmuyor muyuz?

Hadi filmleri, dizileri sansürledik; bütün karakterleri "Türk aile yapısı"na uygun, mazbut, sadık, aseksüel insanlar haline soktuk diyelim. Haberler ne olacak?

Aile içi tecavüzleri, çocuk yaşta satılan kızları, Hüseyin Üzmez duruşmalarını da şifreli mi yayınlayacağız?

* * *

Aileler "Türk", "Afrikalı", "Fransız" diye sınıflanmaz; "geleneksel" ya da "modern" aile yapılarından söz edilebilir ancak...

Onlar da öyle sabit yapılar değildir.

Zamanla değişir. Bu değişim de, filanca dizide evli bir kadın sevgilisine kaçtı, diye olmaz.

Bütün dizileri şifrelesek de değişimden kaçılmaz.

Çünkü değişimin dinamikleri başkadır.

Televizyon, onların habercisi olabilir ancak...

Muhafazakâr çevrelerin dizi rahatsızlığı da aslen buradan kaynaklanıyor sanırım:

"Türk aile yapısı" denen şey, her ne ise ciddi bir değişim geçiriyor. Ve bu değişimin ipuçlarını da yerli diziler veriyor.

* * *

Değişimin yönüne dair fazla araştırma yok.

2000'de yayımlanmış bir çalışmadan (*Televizyon, Kadın ve Şiddet*, KİV) söz edeceğim.

Sevilay Çelenk ve Nilüfer Timisi, "Yerli Dramalarda Kadın Temsili ve Şiddet" başlıklı makaleleri için, beş televizyon dizisindeki beş ana, yirmi dört yardımcı kadın karakteri incelediler.

Kadınların çoğu 18-30 yaş kuşağındaydı.

Yarıya yakını bekârdı.

Çoğunun eğitim düzeyleri belirtilmemişti.

Üçte birinin çalışıp çalışmadığı bile belli değildi.

Sanılanın aksine genellikle geleneksel aile yapısına ve evliliğe önem veriyorlardı.

Araştırmaya göre dizilerde geleneksel kadın rollerine ilişkin kurgular, alttan alta idealize edilmeye devam ediyordu.

* * *

Ancak...

Araştırmacılar, kadın karakterlerde bazı dikkat çekici dönüşümler de gözlemişlerdi:

Dizilerin kadınları, mücadeleci ve direngen kişiliklerdi.

Çoğu, tuzaklarla dolu güç yaşam koşulları içinde rasyonel kararlar alabilen zeki kadınlardı.

Artık Yeşilçam melodramlarındaki tuzak ve iftiraların gözü yaşlı, boyun eğen kurbanları rolünde değillerdi.

Etraflarında olup biten haksızlıkları anlamaya ve hayata tutunmaya kararlı bir davranış sergiliyorlardı.

Yeşilçam kadınlarının, yaşamlarının ancak son birkaç dakikasında –mendillerine kan tükürerek öldükleri yataklarında– sahip olabildiği aklanma ve mutluluğa razı olmaya niyeti yoktu. Ve özellikle genç kuşaktan olanlar, evli olmasalar bile aşk ilişkilerinde cinselliği de cesurca yaşıyordu.

* * *

Dizilerin hem bunca çok izlenmesinin hem de bazı çevreleri bunca rahatsız etmesinin nedeni, orada resmedilen "yeni kadın"ın "Türk aile yapısı" denilen kıskaç içinde artık eskisi kadar gönüllü yer almaması olabilir.

Eğer öyleyse bu eğilimi de hiçbir şifre engelleyemez.

Evlenilecek Kız, Ellenilecek Kız

Evlenmek için "eline erkek eli değmemiş kız" arayan Mehmet Ali Erbil ile "eli eline ilk değen erkek"le evlenmek isteyen üniversiteli Sedef'in evliliği bizi erkek dünyasının o eski kavşağına götürüp bıraktı:

"Ellenilecek kız", "evlenilecek kız" ayrımına...

Acaba bir erkek ne kadar çok kız ellerse evlenmek için o kadar ellenmemiş kız mı arıyor?

Titizlik hastalığına yakalananların genellikle gizli kriminallerden çıkması gibi, evlenmek için en "saf" kızları arayanlar da en hızlı çapkınlardan mı çıkıyor?

Nihayette ulaşılan "bekâret zarı", eski günahları örten bir "masumiyet şalı" işlevi mi görüyor?

Elimde bu konuda bir araştırma yok.

Ama "bekâret saplantısı" konusunda var.

* * *

İstanbul Mülkiyeliler Vakfı, Sosyal Araştırmalar Merkezi'nin 1990'ların sonunda İstanbul'da 1200 kişi üzerinde yaptığı araştırmada kadınlara, "Sizin için bekâretin saklanması, evlenmek için ne kadar önemli?" sorusu soruldu.

Kadınların yüzde 66'sı buna "çok önemli" ya da "önemli" yanıtını verdi.

Sonra erkeklere, "Sizin için evleneceğiniz insanın bakire olması ne kadar önemli?" diye soruldu. Erkeklerde oran yüzde 74'e çıktı.

"Hiç önemli değil," diyenler; erkeklerin ancak yüzde 9'u ile kadınların yüzde 14'ü idi.

Gençler baz alındığında da durum değişmedi. Gençlerin yüzde 34'ü (yani her 3 gençten 1'i) evlilik öncesinde kadın ve erkek arasında belli bir mesafe bırakılması gerektiğini düşünüyordu. Araştırmaya katılan gençlerin yüzde 4,5'i ise evlilik öncesi ilişkilerin topluma ters düştüğüne inanıyordu.

* * *

Araştırmayı yapanlar daha sonra kadın ve erkeklere bir yargı cümlesi verip görüş sordular.

Cümle şuydu: "Başka erkeklerle cinsel ilişkide bulunmuş kızla evlenilmez."

Erkeklerin yüzde 63'ü, bu cümleye katıldığını söyledi.

Kadınlarda "evet"lerin oranı yüzde 56 oldu.

Burada açık bir "kirletilmiş genç kız" profili çıktı ortaya...

İkinci yargı cümlesi bir tuzak içeriyordu:

"Ya bu kız evleneceği erkekle yatıyorsa?"

"O zaman iş değişir," dedi erkeklerin bir kısmı ve "kendisi bozma şartıyla" bekâret konusunda daha hoşgörülü hale gelebileceğini gösterdi. Ama yüzde 36'lık bir kesim (yani her 3 erkekten 1'i) "Benimle de yatsa evlenmem" görüşünü koruyordu.

İşin ilginç yanı burada kadınların "hayır"ı daha fazla çıktı. Kadınların yüzde 38'i "evleneceği erkekle cinsel ilişki kuran kızla evlenilmez" görüşünü savundu.

Ve son soru: "Diyelim ki, kızımız cinsel ilişkide bulunmamış ama eline başka bir erkek eli değmiş..."

Dört erkekten üçü bunu "kabul edilebilir" bulduğunu söyledi. Yüzde 26, "Yine de evlenmem," dedi.

* * *

Araştırmanın asıl önemli bulgusu şu:

İnsanların gelir ve eğitim düzeyi yükseldikçe bekârete verdikleri önem de azalıyor.

Bekâreti kafasına takmayanların oranı, üniversite mezunu erkeklerde yüzde 52'ye, kadınlarda yüzde 86'ya tırmanıyor.

Bu durumda M. Ali-Sedef çiftinin sorunu, ya kızımızın henüz mezun olmamasında ya da Erbil'in yeterince zengin olmamasında...

Bu da değilse XXI. yüzyılda, "Kızoğlankız İsterim" şarkısının "modern" tınılarla yeniden seslendirilmiş remiksini dinlemeye hazır olun.

Bekâret, insanlık tarihinin o en kalın, en kanlı zırhı dönüyor, demektir.

Metroseksüel-Überseksüel

Adı: Marian Salzman...

45 yaşında... Bekâr ve çocuksuz bir kadın...

Dünyanın beşinci büyük reklam ajansında strateji şefi...

Ama ona "trend gurusu" deniliyor.

Dünyayı etkisi altına alacak eğilimleri önceden kokluyor ve ilan ediyor.

Salzman'ın Ira Matathia'yla birlikte yazdığı, *Sırada Ne Var? Yakın Geleceğin Trendleri* adlı bir kitabı var. Mesela 1970'lerde "nostalji rüzgârı"nın gelmekte olduğunu öngörüp haber vermiş.

Sonra Bridget Jones tarzı yalnız ve başarılı kadınların devrinin yaklaştığını hissedip reklamcıları uyarmış:

"Yeni tüketici hedefiniz bu kadınlardır. Dikkat!"

Şimdilerde ise kadınların yorucu iş hayatından, eve dönüş hazırlığı yaptığını duyuruyor.

* * *

Salzman'a asıl şöhret sağlayan öngörüsü, "metroseksüel erkekler oldu.

Erkeklerin Geleceği Metroseksüellikten Überseksüelliğe kitabında reklamcıların yeni hedefinin modaya ve bakımına düşkün erkekler olacağını yazdı.

Elbiselerini özel terzide diktiren, boşluklara saç ektiren, düzenli olarak tırnak törpületen ve en iyi dostlarını kadınlar arasından seçen erkeklerin devri geliyordu.

Metroların yeni erkek cinsi bu olacaktı.

Tabii hepimiz heyecanla karşıladık bu öngörüyü... Demek

"retroseksüel" yani "maço" erkek, tamamen tarihe gömülüyordu. Yeni Valentino'muz erkek erkeğe barlarından değil, güzellik salonlarından çıkacaktı.

40 yıllık berberimizi değiştirdik; kuaförlere terfi ettik. İşten güçten vakit ayırıp tırnaklarımızı cilalatıp törpülettik. Hâlâ biraz bıyığı kalanlar son tüyleri de kazıttı. Salaş bir kotla gün tüketenler özel terzilere çuvalla para akıttı. Ve öngörüden yaklaşık bir yıl sonra zar zor "metroseksüel" olduk.

* * *

Geçen hafta bir de ne görelim: Salzman yine bir rapor yazmamış mı?

Heyecanla okuduğumuz yeni rapor bambaşka bir öngörüyü duyuruyordu:

"Metroseksüellik öldü, yaşasın überseksüellik!" Haydaaaa! Cilalı tırnaklarımızı yiye yiye okumaya başladık:

> Metroseksüeller kendi görünüşleri ve yaşam biçimlerine saplanıp kalmıştı. Überseksüel erkek, eski tarz maço heteroseksüelliğe geri dönüyor. Kendine güvenli, erkeksi duruşunu koruyan, iyi şarap ve kaliteli puro seven, siyaseten bilinçli, dünyanın gidişatıyla ilgili, kaliteyi önemseyen ve sırdaş olarak erkekleri seçen erkekler geliyor.

Bakar mısınız duruma! Sen metroseksüel görüneceğim diye onca yıllık bıyıklarını kes, maçoluğu, puroyu, küfrü bırak, cilt bakım kursuna yazıl, tak takıştır, sür sürüştür, sırdaş kadınlar bul, sonra hanımefendi fikir değiştirsin; "Onlar öldü, tersi geldi," desin; sen, gerdirilmiş gözaltı kırışıklıklarıyla kal ortada...

* * *

Çare yok; "überseksüellik" akımını atlamamak için yeniden kas yapacağız, bıyık bırakacağız, eve iyi şarap alacağız, erkek dostlara geri dönüp yine siyaset konuşacağız.

Lakin biz bunları yapıncaya kadar Salzman yeni bir "seksüellik" yumurtlayacak ve tam modayı yakaladım derken demode kalmanın acısını tadacağız.

Salzman'ı susturmanın bir yolunu mu arasak? Yoksa trendleri boş verip başımızın çaresine mi baksak?

* * *

Bütün bu saçmalıkların tek bir nedeni var:

Babalarımızın, evin başköşesindeki pederşahi koltuğunu çift kişilik oturma grubuyla değiştirmesiyle sona eren bir imparatorluğun enkazı altındayız.

Kadının hayata karışmasıyla başrolü kaptıran erkek, dehşetengiz bir travma yaşıyor.

Ataerkil maçoluğu konuşturmaya kalkınca çantayı kafasına yiyor. Bunun üzerine kütüklüğünü yontmayı deniyor ama çırpındıkça batıyor.

Olmuyor... Olamıyor.

Kadın öyle değişti ki, artık kapıda yol versin mi, sandalyesini tutsun mu, sigarasını yaksın mı, hesabı ödesin mi bilemiyor. Asırlarca gecikmiş bir ortaklaşa hayata yeni adım atmanın acemiliğiyle sendeliyor.

Tutunabilmek için her yolu deniyor: Koku sürünüyor, göbek eritiyor, saç uzatıyor, argodan cayıyor.

Bu sefer de hem maçolukta direnen erkek arkadaşlarınca hem de çalışma hayatının çetinleştirdiği kadınlarca "fazla yumuşamış" bulunuyor.

Evcilik oyununda keyfince giydirilen bir bebek gibi, "Tamam bıyık kalsın ama göbek biraz erisin; rakı kaba kaçar, şarap içsin; saç uzatmasın tamamen kessin," diye şekilden şekile sokuluyor.

Erkeklik denilen ve asırlardır evlere, toplumlara hükmeden o koca dağ, reklamcıların, modacıların, güzellik sektörünün, tüketim endüstrisinin elinde eritiliyor.

* * *

Bundan rahatsız mıyız? Yoo!.. Bu bozgun nasılsa yaşanacaktı. Zor olan, bundan sonrasını toparlamak... Kocasını, Boğaz manzarasını kapatan koltuğa yakıştıramayıp kapı önüne koymayı aklından geçiren kadının sinsice gülümsediği reklam size ne söylüyor?

Çift kişilik oturma grubunu bile çok arayacağız galiba...

Erkeklik Dünyasında Deprem

Geçen yaz Cannes'da Uluslararası Reklam Festivali'ne katıldım.

Orada dünyaca ünlü reklam şirketi Leo Burnett, çok ilginç bir araştırma sundu.

Araştırmanın başlığı, "Metrolar, Retrolara Karşı"ydı.

On üç ülkede iki bin erkekle konuşarak erkeklerin tavır ve değerlerini ölçmüş ve "erkeklik dünyasındaki deprem"i ortaya çıkarmışlardı.

Bu ilginç araştırmadan bazı sonuçlar aktarmak istiyorum.

Soru: "Erkek, toplumda egemen rolünü yitiriyor mu?"

Yüzde 38'in cevabı "Evet."

Yüzde 74, rolün belirsizleşmesinden kaygılı...

Soru: "Sizi en çok rahatsız eden ifade ne?"

"Senden bir şey olmaz." (Yüzde 29)

"Herkes seninle dalga geçiyor." (Yüzde 24)

"Aptalsın." (Yüzde 21)

"Peki hayallerini süsleyen üç dilek ne?"

1- Dünyadaki açlığı sona erdirmek...

2- Dünyaca ünlü bir spor yıldızı olmak.

3- Bir süpermodelle evlenmek...

* * *

İşte tüyü dökülmüş aslanın, XXI. yüzyıl başında geldiği durum.

Araştırmayı yapan şirket "metroseksüel" ve "retroseksüel" erkeklerin temel sorununun, kendilerini tanımlarken hep kadınları referans almaları olduğunu saptıyor.

Ancak bunlar, piyasanın yüzde 40'ını oluşturuyor.

Kalan yüzde 60'lık erkek kitlesi ise hâlâ erkekleri kıstas alıyor. Bir başarı yakalayınca, "Bana hayranlık duydular mı?" diye bakıyor.

Araştırma, "metro-retro" derken reklamcıların bu büyük kitleyi atladığı kanısında...

O yüzden erkek müşteriye yaklaşırken şunları öneriyor:

• Erkekleri klişelerle açıklamaya çalışmayın. Onların karmaşık bir dünyası olduğunu anlayın.

• Erkeklerin içindeki mağara adamının dışarı çıkmasına izin verin. Onların kendilerini erkeksi hissetmelerini, kaba saba şakalar yapmalarını, cinsellikten bahsetmelerini anlayışla karşılayın.

• Erkeklerin sürekli çevrelerine uyum sağlayarak dönüştüğünü bilin ve değişimin yönünü kestirmeye çalışın.

* * *

Mağara adamları: Bu pazar maç vakti izinlisiniz... Haydi hayırlı avlar!

Seksi?

Erkek dergileri yıllar yılı, bir kadının nasıl uyarılabileceğini anlatıp durdu bizlere...

Yok ambiyans çok önemliymiş de, ışıklar şöyle, şömine böyle yanacakmış da, içkinin dozajını iyi ayarlayıp sözcüklerimizi doğru seçecekmişiz de, kadınlar şöyle istermiş, buralarına dokunulmasından hoşlanırmış da... Bir sürü kullanışsız şablon...

Hepsinin palavra olduğu çıktı ortaya...

Meğer kadınlar "uyarılmak için" olgun bir erkeğin nazikçe kulağına eğilip şu cümleyi fısıldamasını beklermiş:

"Sevgilim, telaşlanma ama bu gece dışarıda yatsan iyi olacak; bir deprem sinyali alıyorum da..."

* * *

Beğenilerine güvendiğim bir arkadaşım, "en seksi erkek" seçilen Prof. Ahmet Işıkara'nın seksapeline dair tevatüre, "Bence de öyle," demeseydi bu tartışmaya hiç katılmayacaktım.

Çünkü bunlar pek öngörülebilir konular değildir.

Aşk da deprem gibidir: Ne zaman kimi vuracağını asla önceden bilemezsiniz.

Gece yarısı aniden, dipten yükselen coşkulu bir dalga gibi kabarır içinizde...

Toprak, ayağınızın altından kayıyor gibi olur ve en hazırlıksız olduğunuz anda bütün şiddetiyle vurur.

Sarsılır, neye uğradığınızı şaşırırsınız.

Heyecan, korku, kararsızlık, cesaret, acı, öfke, hüzün, merhamet, şiddet kaplar bir anda dünyanızı...

Eş dost yardıma koşsa da kolay toparlanamazsınız.

Bittiğinde ağır bir enkaz bırakır geride...

Daha da kötüsü, tamamen bittiğini sandığınız sarsıntı, hafif şiddette artçı şoklar halinde yıllarca sürebilir. Kalbinizdeki kırık hat, ara sıra yoklar yeniden...

Aynı baş dönmesi, beklenmedik bir anda tekrarlayabilir.

* * *

İşte o yüzden ani yer sarsıntısı gibi, seksi erkek kasıntısının da kime kısmet olacağını öngörmek olanaksızdır.

Prof. Işıkara konusu, Freud'u yardıma çağırıp Oidipus kompleksinden söz etmeye pek elverişli gibi duruyorsa da hemen bu kolaycılığa kapılmamak gerek.

Yanıtı daha çok cinselliğin "iktidar takıntısı"nda aramakta yarar var.

Tek başına "iktidar" olduğu dönem, Turgut Özal'da bile seksapel kokusu alan burunlar, şimdi Prof. Işıkara'da ne gibi bir ışık arıyor olabilir?

Zannımca sorunun doğru yanıtı; "bilgi"dir.

Gençlik ve yakışıklılık geçici... Satın alma gücünün de deprem karşısında nasıl kifayetsiz olduğu açıkça görüldü.

Günümüzde kas gücü, yerini hızla beyin gücüne terk ediyor.

Sismoloji diploması, adale çalışmasından daha etkileyici görünüyor.

Çağın iktidarı "bilgi"deyse elbet seksapeli de "bilge"de olacaktır.

Hangi kadın, sevdiği erkeğin işinden çıkıp evine gidişini Işıkara'nınki kadar sabırsızlıkla beklemiştir?

Kaç kadın, bir erkeği saatlerce can kulağıyla dinlemiştir?

Işıkara dışında hangi erkek, "Haydi dışarı," deyince milyonlarca kadını saçını bile taramadan sokağa dökebilmiş, "Haydi yatağa," deyince sözünü dinletebilmiştir?

Hangi erkeğin sinemaya ya da maça gitmesi, kadınların bu kadar ilgisini çekebilmiştir?

Hangi erkek, kadınların hissettiği sarsıntıyı bu kadar iyi anlayıp ölçebilmiştir?

O yüzden Işıkara'nın seksapeli üzerine kafa yorarken aynı zamanda, içine düşürüldüğümüz çaresizliğin, yaşadığımız güven erozyonunun, bilgiye susamışlığın, güvenlik ihtiyacının, kaygı atmosferinin, inandırıcılığın zaferinin de izini sürmüş oluyoruz.

Milattan önce 1000'lerde Mısır'da yazılan aşk mektupları, "Onu görmek beni iyileştiriyor, konuşması beni güçlendiriyor," diye başlıyordu.

Üç bin yıl sonra aşkın iyileştirici etkisi konusunda aynı noktaya ulaştık. Uzun zamandır ihmal edilmiş bir insanlık (erkeklik!) hali bu... "Baş döndürücü aşk"ın, sağaltıcı işlevlerine ve "itimat, sükûnet, emniyet, samimiyet" anlamlarına geri dönüyoruz.

Bu, "sığınacak dal arama psikozu" da iktidarın suretlerinden biridir elbet.

Ama deprem sonrası hayatımızda ak saçlı bilgelerin birer "seks ilahı"na dönüşmelerini izaha yarayan bir suretidir.

* * *

İtfaiye müdürünü gördüm geçen gün...

"Yangın çıkarsa hazır olayım," diye bıyıklarını düzeltiyordu ayna karşısında...

Tayyip Erdoğan Yakışıklı mı?

Arthur Miller kendisine dünya çapında şöhret getiren oyunu *Satıcının Ölümü*'nü yazdığında Mary'yle evliydi. Oyun ilk kez Philadelphia'da sahnelendi.

Salon alkıştan yıkıldı.

Seyirciler, bu deha karşısında hayranlıkla eğilmişlerdi.

O büyülü gecenin sonunda eve dönerken eşi Mary, arabada yanında oturuyordu.

Radyoda bir eleştirmen oyunu methediyordu.

Onu dinlediler.

Miller daha sonra, *Dönenceler* adını verdiği anılarında, hayatının bu gerçek sahnesini şöyle anlatacaktı:

> O akşamki zafere erişmek için tüm yaşamım boyunca mücadele etmiştim. İşte erişmiştim ona... Kutlanan adam bendim ve hayret, onun benimle, benim onunla pek az alakamız vardı.

Gücün, yabancılaştırıcı etkisi...

Daha ilk akşamdan hissettirmişti kendini...

Bu etkiyi daha da yoğun hisseden kadın, hemen yanında susuyordu.

Başarının yaratacağı iktidar onu etkiliyor ama aynı zamanda da ürkütüyordu.

Sevdiği adamı hem daha çok insanla hem de içinde şişecek "ego" adlı bir virüsle paylaşmak zorunda kalacaktı.

Şöyle yazdı Miller:

> Başarmış olmanın o anlatılmaz afrodizyak etkisi ortaya çıkmış ve arabada eşimle aramıza girmişti bile...

* * *

Türkiye'de yatırıma hazırlanan küresel medya devi Rupert Murdoch, New York'ta buluştuğu Başbakan Erdoğan'ı, "Karizmatik olduğu kadar yakışıklı da," diye tarif edince açıldı tartışma...

Murdoch'un Başbakan'ı yakışıklı bulmasında şaşılacak bir şey yok; dünyanın her yerinde iktidar, sermayedara albenili görünür.

Ama mesele orada kalmadı.

Murdoch'un teşhisi farklı kesimden kadınlara soruldu ve çoğundan neredeyse ağız birliği etmişçesine aynı yorum duyuldu:

"Evet... Çok yakışıklı... Korkunç etkileyici... Müthiş karizmatik!"

İçlerinde en samimisi Pakize Suda idi.

> Bulunduğu konum insanı yakışıklı ve çekici yapıyor. Yoksa Turgut Özal'la Ahmet Mete Işıkara en seksi erkek seçilirler miydi?

* * *

Yaşı tutmayanlar için hatırlatalım:

Kadınca dergisinin bir anketinde, o dönem Başbakan olan Özal, "Türkiye'nin en seksi 10 erkeği" arasına girmişti.

İktidar büyüsünün kadınların gözünü nasıl kamaştırıp bağlayabildiği, ilkin o zaman fark edilmişti.

Suda, "Onların da sadece konumlarından dolayı gözümüze seksi göründüklerinin farkındaydık," itirafını yapıyordu.

Anlaşılan o ki iktidar, şifalı bir kaplıca suyu gibi, içeni çirkinliklerden arındırıyor; şekilsiz vücutlara şekil, sevimsiz çehrelere şirinlik katıyordu.

* * *

Kadının erkekle ilişkisini, "erk"le ilişkisinden bağımsız düşünmek zor...

Hatta kimi durumlarda kendilerini aşağılayan bir dünya görüşüne sahip olanlara hayranlıklarına bakıp çaresizliğin son kertesinde cellatlarına âşık olduklarını söylemek de mümkün...

Erdoğan için, "Karizması var ama bıyıkları çirkin," diyenler de oldu; sanki bir tutam kıl, koca bir karizmayı gölgeleyebilirmiş gibi...

Çekiciliğin kaynağı avucunun içinde tuttuğu kudret değil de, dudağının üstünde taşıdığı bıyıkmış gibi...

Başbakan bıyığını kesse daha yakışıklı olur mu, bilemem; bildiğim o ki, iktidar, her türden defoyu gizleyen, parlak bir örtüdür aynı zamanda...

Çirkin sayılan bıyıklara bile hayran bırakabilecek kadar göz kamaştırıcı bir örtü...

* * *

"İktidarın kadınları etkileme gücü" tartışıldı; ama yazının girişinde örneklediğim konu ihmal edildi.

O konu, başarının, zaferin, iktidarın, baş döndüren, kişilik öldüren yan etkisi...

Pek az iktidar sahibi, Miller gibi, "Alkışlanan adamla benim aramda hayli mesafe var," itirafını göze alabilir.

Çünkü alkışlar, zaafları kapamaya birebirdir.

Birbirine hızla çarpan, kendisine gıptayla uzanan ellerin şehvetiyle muktedir, kısa zamanda körleşir.

Kendini fazlaca ciddiye almak, kalıcı bir iktidar sorunudur.

İktidar kasılması, acıdan ziyade haz veren bir kramp gibi gerer insanın bedenini... Yürüyüşünü değiştirir.

Zamanla aynalara sığmazsınız; konuşmanıza bir bilmişlik gelir. Bindiğiniz arabalar, yaşadığınız odalar, doğup büyüdüğünüz coğrafyalar dar gelir.

Eşinizi kendinize eşdeğer bulmamaya başlarsınız.

İktidar hapının yan etkilerinden biri şımarma ise diğeri boşanmadır.

Nitekim Miller, alkışların baş döndürücü etkisiyle çok kısa zamanda eşinden ayrılıp "Amerika'nın yarısının arzuladığı şey"e, yani Marilyn Monroe'ya koşmuştur.

* * *

İşin acıklı yanı, alkışların gürültüsü, sağduyulu uyarıların duyulmasını da engeller.

Eleştirileri, çekememezlikten sanırsınız.

İltifatları gereğinden fazla ciddiye alırsınız.

Methiyelerin kürkünüze, koltuğunuza, cüzdanınıza değil, kendinize yapıldığı zannına kapılır, aldanırsınız.

Şişmiş egonuz, yanınızda inat ve cesaretle onu patlatacak aklı başında birisi yoksa, yavaş yavaş ayağınızı yerden kesmeye başlar.

Uçarsınız.

Onca "ego parlatıcı"nın yanında, "ego patlatıcı"nın da işi zordur.

Herkes hayranlıkla gaz verirken umursamazca gazını alan biri, bir süre sonra iktidar sahibine katlanılmaz gelir.

Kontrolden çıktığı an, o andır.

* * *

Aslında muktedir de bir bakıma iktidarının kurbanıdır.

Zamanla samimi sevgiyi, yalakalıktan ayırmakta zorlanır.

Acaba kim koltuğuna, kim kendisine âşıktır?

Kutlanan adamla kendisi aynı insan mıdır?

Aynada gördüğü adam gerçekten yakışıklı mıdır; yoksa bu yalan, iktidarının ömrüyle mi sınırlıdır?

Bunu, devrilmeden anlayamayacaktır.

O halde fazla kafa yormanın anlamı yoktur.

Pohpohlanmanın konforunda, bu yakıcı sorunun stresinden derhal kurtulur ve bu türden "önemsiz ayrıntı"larla ilgilenmez olur.

İlginin kendisine değil, unvanına olduğunu, ancak unvanını yitirdiğinde anlayacaktır.

* * *

Ondan sonrası, iktidarsızlaşma dönemidir.

Bu bunalım döneminde, mevkisiz de bir değerinin olup olmadığı sorusuna cevap arayacaktır.

Varsa yani kadınlar hâlâ kendisini yakışıklı buluyor, fırça bıyıklarının yüzüne uyup uymadığını tartışıyor, insanlar iltifatlarını esirgemiyorsa yaşamak kolaylaşacaktır.

Yok, devrilir devrilmez "yakışıksız" bir şekilde yalnızlığa terk edildiyse iktidar döneminin anıları ile düşmüş halini kıyaslayıp çileden çıkacaktır.

En iyisi, *Yüzüklerin Efendisi*'ndeki Frodo gibi iktidar yüzüğü aklınızı başınızdan almadan, güç sizi yoldan çıkarmadan, onun cazibesini kontrol altına alabilmek ve şakşakçıların itirazına kulak asmaksızın onu zamanında bir yanardağın lavları arasına atabilmektir.

Bunu yapabilenlerin o kalender yakışıklılığını kimse tartışamaz bile...

Kusursuz Erkeğin Peşinde

Tanıdığım bir CHP'li genç kız, Baykal'ın kasetini öğrendiğinde, "Ayrıntıları bilmek istemiyorum," diyordu.

Bir başkası, "N'olur, biri bunun doğru olmadığını söylesin," diye sızlanıyordu.

Eşlerini yatakta başka birisiyle yakalamış gibiydiler:

"Yataktaki adam" inkâr etse gördüklerine değil, sevdiklerine inanmaya hazırlardı.

Ama kimse, "Yalan," demiyordu.

Aradıkları ve Baykal'da bulduklarını sandıkları "kusursuz erkek"i yitirmiş olmanın yıkımını yaşıyorlardı.

* * *

Ünlü psikanalist Vamık Volkan, *Kusursuz Kadının Peşinde* kitabında (Okuyan Us, 2004), kendini "kadın bağımlısı" olarak tanımlayan 57 yaşındaki mutsuz bir adamın, beş yıl süren terapi sürecini anlatıyor.

Adam, çocukluğundan miras acıları dindirmek için birbiri ardına kadınlarla birlikte oluyor. Onlarda "kusursuz kadın"ı arıyor. Bulamadıkça yenilerine gidiyor.

Her hayal kırıklığında biraz daha göçüyor.

* * *

Baykal'a kadınların tepkisi, bu örneği anımsatıyor bana...

Onlar da çaresizce, bağlanabilecekleri "kusursuz erkek"i arıyor. Lakin (hadi, "Yok aslında," diyip "iyi"lere haksızlık etmeyeyim) bulmak giderek zorlaşıyor.

Eskiden vardı da azaldılar mı; yoksa "iyi" sandıklarımız da "kötü"lüklerini mazinin küçük evreninde garantili mahremiyet perdeleri ardına mı gizliyordu, bilmiyorum ama artık yoklar.

Belki de asrımıza özgü bir "imalat hatası" var ortada...

Efsanelerin bittiği çağdayız.

"Mükemmel" öldü; şimdi "sadakat" ile "hürriyet", "siyaset" ile "mahremiyet", "zaaflar" ile "şahsiyet" arasında sınır savaşları var.

* * *

"Son kale" (de) çökünce yıkılan, acılarını dindirmek için kendilerine yeni idol arayan, bulamadıkça bunalıma giren ve nihayette cümle erkek soyuna lanet eden kadınlar için, Volkan'ın kitabının sayfalarını hızla çevirip beş yıllık "hasta"yı rahatlatan terapi sonucunu özetleyebilirim:

"Ne kusursuz kadın bulmak gerekiyor ne de kusursuz erkek olmak..."

* * *

Bu sonuca varabilmek için izlenen yöntem, kitapta var. Ben, kitabı okumadan önce bu noktaya nasıl ulaştığımı açıklayayım:

Defosuz insan beklentisinin, sadece hayalperestlik değil, aynı zamanda haksızlık olduğunu erken anladım.

Sevdiklerimi en ufak kusurda defterden silmenin, "Bir daha asla," demenin, istifasını istemenin, kimsenin masum olmadığı bir çağda, kasvetli bir yalnızlığa yelken açmak olduğunu fark ettim.

Kendimce bir "yıkımdan korunma" metodu geliştirdim:

Kahramanlarımla daha gerçekçi bir ilişki kurdum.

Onların kusursuz olmadıklarını kabul ettim.

Bendeki kredilerini yükselttim.

Zaaflarını erdemlerinden ayırıp eksilttikleriyle değil, kazandırdıklarıyla ilgilenir oldum.

* * *

Sanattan örnekleyeyim:

Picasso'nun aynı dönemde hem karısı hem sevgilisi için yaptığı tabloları, içeriğini sorgulamadan sevebiliyorum.

Nâzım'ın oğluna yazdığı şiir, oğluna yaptığı muameleyle taban tabana zıt olsa da beni duygulandırıyor.

Dostoyevski, kumar tutkusuyla değil, kumarı kâğıda döküşüyle kalıyor aklımda...

Böylece hem onlar yüzünden iyi resimden, iyi şiirden, iyi romandan vazgeçmemiş hem de onların yaratıcılarını zihnimde, oynayamayacakları bir role itmemiş oluyorum.

* * *

Baykal'a da yapacağım bu...

Zaafının görünür olması, onun kusursuz olmadığına kanıt; ki bunu biliyorduk zaten...

Ama "erdem", belki istifayı değil ama başka bir jesti gerektiriyor.

"Vuruşarak çekilme" yerine, çıkıp samimiyetle işin aslını anlatabilir, gerekirse zarar verdiği, hayal kırıklığına uğrattığı insanlardan özür dileyebilir; ama komploya boyun eğmeyeceğini, mücadeleye devam edeceğini söyleyebilirdi.

Böylesi çok daha inandırıcı olurdu.

Kadınlar, Seymen Ağa'da Ne Buldu?

Geçenlerde kalabalık bir yemekte söz, Seymen Ağa'dan açıldı. Masadaki kadınlar, pazartesi geceleri sokağa çıkmadıklarını, telefonlarını kapattıklarını anlattılar.

Çünkü o gece *Asmalı Konak* vardı ve hayranlıkla Seymen Ağa'yı seyrediyorlardı.

Hepsi de yönetici pozisyonda, iyi kazanan, okumuş kadınlardı.

"Nesini beğeniyorsunuz Seymen Ağa'nın," diye sordum.

Yanıt kısa ama vurucuydu:

"Maço!.."

* * *

Düne kadar kentli kadınların küfür niyetine kullandığı bu sıfat, ne zamandan beri iltifat oldu?

Nasıl oldu da bir "maço"nun TV dizisi, 50 hafta bir numara kalmayı başardı?

Her yönüyle bir sosyolojik incelemeyi hak eden dizi, birinci yılını doldurup finale yaklaşırken bu soruları biraz deşmek ve özellikle de –geçen hafta sırf meraktan gidip bir konserini izlediğim– Özcan Deniz'in "maço"luğu üzerinde durmak istiyorum.

* * *

Yıllar önce, Hollywood'da Zsa Zsa Gabor'la, Atatürk'le ilişkisi üzerine bir söyleşi yapmıştım. Seksen yaşında ondan söz ederken hâlâ gözleri parlıyordu.

"Atatürk'ü bir erkek olarak nasıl tanımlarsınız?" sorumu, üç sözcükle yanıtlamıştı:

"Maço, maço, maço!.."

Bizim kuşağın dedeleri maçoydu ve kadınlar öyle erkeklerden hoşlanırdı:

Kararlı, sert tabiatlı, hükmeden... Kadını ortalık yerde sevmez, sevdi mi de ihya ederdi. Kollayıcıydı. O, evin üstüne kartal gibi kanat gerer, kadın da yanında emin ellerde olduğunu hissederdi.

Geçtiğimiz yüzyılın ortalarına dek böyle gitti bu...

Sonra savaş bitti. Dünya canlandı. Tek maaş eve yetmez oldu. Kadın işe girdi. Sokağa çıktı, hayata karıştı.

Eskiden, "Sokak yasak!" diyen babalar, kocalar işsiz kalınca pencerede karısının, kızının işten dönüşünü bekler oldu.

Geciktiğinde dayılanacak olsa, "Ama eve ekmeği ben getiriyorum," cevabıyla karşılaştı; şaştı.

O hükmeden erkek, mülayimleşmişti.

Süngüsü düşmüş, iktidarı sönmüştü artık.

* * *

Kadın hareketi 1980'lerde tavan yaptı. Artık kendi işleri, hayatları, idealleri, idolleri vardı.

"Maçoların tüy dökme mevsimi"ydi bu... Çoğu erkek, cinsiyetinin biricik simgesi bıyığını o yıllarda kesti; kadın dergilerinden sevgilisine nasıl ilanıaşk edeceğini, onu yemeğe nereye götüreceğini, akşam içki olarak ne vereceğini, ön sevişmede nelere dikkat edeceğini öğrendi.

Bebek bezi bağlamaya, yeri gelince ağlamaya alıştı.

"Kılıbık"laştı.

* * *

Ne yalan söylemeli, bu süreçte erkek örselendiği kadar rahatladı da...

Çünkü, "Karına laf atanı döv, kızını kaçıranı vur, sen ağabeysin, dik dur, erkeksin ağlama, karı gibi gülme, namusunu koru, vatanını koru, evini koru, bacını koru, karını koru, kızını koru, para kazan," filan derken çok yorulmuştu.

"Bizimki kendi işini kendi görür," demek işine geldi.
Bu süreçte kentli kadın da ilgisini erkeğinden kendine ve işine çevirmiş, yükselmişti.
Çamaşırla, ütüyle vakit öldürmüyor, cinselliğini keşfediyor, "Vücudum bozulur," diye, "Kariyerim ne olur," diye çocuk bile doğurmuyordu.
Kimseyi çekecek halde değildi artık...
Boşanmalar patladı.
Yalnızlığın çağı açıldı.

* * *

Fakat heyhat!
Yüzyıl biterken işler yine karıştı.
Çünkü tüyleri yolunup uysallaştırılmış bu yeni erkek acayip sıkıcıydı.
Kadın dergilerinde, "10 derste nasıl..." başlıklı yazılar okumaktan kuklaya dönmüş, kibarlıktan kırılmaya yüz tutmuştu. Kimisi tüy dökme işini hepten abartıp epilasyon salonlarına düşmüş, kimisi kendi cinsini, karşı cinse yeğ tutmuştu.
Kadınlar, onlardan "iyi adam" diye söz eder olmuştu; "adam gibi adam" değillerdi yani...
Tamam ter kokmasın, tokat atmasın, caka satmasın istemişlerdi ama hepten erkeklikten çıksın istememişlerdi ki...

* * *

Sonunda her iki cins de kendini derin bir yalnızlığın girdabında buldu.
İşte özgürlerdi artık; anlı şanlı rollerden soyunmuşlardı ama hâlâ küçük bir sorun vardı:
Mutsuzlardı.
Erkekler artık kadınlara ulaşamadığını fark etti; kadınlar ise en beğendikleri erkeklerin *gay* çıktığını...
Kadın erkek ilişkilerinde derin bir "iktidar boşluğu" oluştu.
"Yeni çağın erkeği" için, sahneye çıkma vakti gelmişti artık.

"Mutsuz Olalım, Ne Var?"

Behzat Ç. dizisinde "Savcı Hanım"la sevişme sahnesi, izlenme rekoru kırdı.

Behzat gibi, ancak yalnız kaldığında gözyaşı döken, öfkesini uluorta gösterirken sevdasını gizleyen, kaba saba bir başkomiserin sevişmesi, dizinin müptelaları için sürprizdi.

Ancak sevişmesinden önemlisi, ön sevişme mahiyetindeki sohbetti. Esra, muhteşem bir replikle açıkladı aşkını:

"Dünyanın ekseni 12 santim yerinden kaydı, sen bana bir santim bile yaklaşmadın."

Bu cüretkâr davet karşısında o gözüpek adam kem küm edip süklüm püklüm bir kediye dönüştü.

Esra üsteledi ve Behzat'ın şahsında erkeklere giydirdi:

"Sen akıllı adamsın ama konu kadınlara gelince biraz salaklaşıyorsun."

"Biz seninle mutsuz oluruz," diye ayak diredi Behzat:

Cevap, onun ayağındaki direnci kırıverdi:

"Mutsuz olalım, ne var? Ben seninle mutsuzluğa da varım."

* * *

Dizinin hayranlık verici radikalliği burada işte...

Sadece kendisinden önceki sempatik komiser tiplemelerini kanlı canlı, sahici bir karakterle gömmesinde değil, günümüzün uyuz şablonlarını silkelemesinde...

Mutsuzluk korkusu, bu kuşağın hastalıklarından biri...

Reklamlar, diziler, filmler, çevremizde öyle bir mutluluk balonu şişirdi ki, uçup gidişini hayranlıkla izlediğimiz bu balon, bir

türlü binemediğimiz, umutla beklediğimiz bir hasrete dönüştü.
İdealize ettikçe şişen talepler, çekingenliği de büyüttü.
Mutluluk beklentisini abarttıkça mutsuz olduk.

* * *

Kasvetli devirlere özgü bir sigorta arayışı bu...
60'ların gözü kara gençlerinde yoktu mesela...
Bugün, çağın tekinsizliğinden kaynaklanan bir istikbali garantiye alma, saadeti sağlam ipe bağlama azmi var.
Liseli delikanlılar, aşkı için dershaneyi asmıyor.
Formülleri şu:
"Mutluluk eşittir, ona ulaşmak için ödeyeceğim bedel, artı onun uğruna vazgeçtiğim şeyler..."
İşlem sonucunda mutluluk küçük mü çıktı; öyleyse daha az fedakârlıkla yakalayabileceğin daha büyük mutluluğu bekle...
"Mutsuz olalım, ne var?" cümlesinin kıymeti burda...
Üzerinde, "mutluluk garantilidir" damgası olmayan bir tutku iksiri var bu lafta...

* * *

Kökeni çocuklukta:
Bazısı kreşe verildiği gün feryat figandır. Çözülmez kolları ana boynundan... Dövünür, "Gitme!" diye...
Kimisi özgüvenlidir; bilir annesinin kendisini terk etmeyeceğini... Uyar ortama...
İleride ilişkilerine yansır bu fark:
Güvensiz büyümüş çocuk, habire terk edilme korkusu yaşayan âşığa dönüşür zamanla...
Mutluluk uğruna risk almaz, sarıldığı boyundan ayrılmaz.
Özgüvenlilerse ayrılıkta bile sevdiğinin döneceğini bilir; dönmese de bununla baş edebilir.

* * *

Dönelim Behzat'a:

Onun gibi bir güvenlik mensubunun, özel hayatında bu kadar güvensiz olması, sokakta gözü kapalı çatışmaya girerken yatakta ilk meydan okumada bocalaması garip gelebilir.

Çelişki yok oysa burada:

Ağır travmalar sonucu herkese, özellikle de kadınlara karşı güvensiz yetişmiş adam, bu güvensizliğini, aşırı özgüven gösterisiyle bastırıyor.

Cesareti, duygusal kırılganlığının perdesi; o yüzden de ölümü göze alıyor, aşkı göze alamıyor.

Karmaşık cinayetleri şıpınişi çözüyor ama bir kadın karmaşasını çözemiyor.

Çünkü, "Ben seninle mutsuzluğa da varım," diyen kadın, sahte mutluluk balonunu patlatıyor.

Bozuyor formülünü garantili aşkın...

Eksenini kaydırıyor hoyrat Behzat'ın...

Aşkın Dünü, Bugünü

Aşkın Değişim Yılları

Altan Öymen'in *Değişim Yılları*'nı (Doğan, 2004) okuyorum. Alışıldık bir otobiyografiden çok, büyük emekle kotarılmış bir resimli tarih ansiklopedisi gibi... Türkiye'nin 40'lı, 50'li yıllarını merak edenler için tam bir başvuru kitabı...

Bir "gazete-kitap" mantığıyla hazırlandığı için, siyasetten dış politikaya, spordan magazine kadar gündelik hayatın her boyutunu kendi deneyimleriyle anlatıyor Altan Ağabey...

Büyük samimiyetle, rengârenk ayrıntılarla, tatlı tatlı anlatıyor.

* * *

Kitap, Öymen'in ilk gençlik yıllarıyla başlıyor.

Henüz "flört" lafı dile girmemiş. Erkekle kızın "yakın arkadaşlığı"nı anlatmak için "konuşmak" sözcüğü kullanılıyor.

"Ahmet'le Ayşe konuşuyor."

"Mehmet'le Fatma konuşurken yakalanmışlar," gibi...

"Çünkü kızların bakirelik meselesi önemliydi ve onu korumaları gerekliydi," diyor Öymen...

Kitabı okurken onun ergenliğinden bizimkine pek bir şey değişmediğini fark ettim.

Demek o "denetim çemberi" 40'lardan 70'lere dek sürmüş.

Evet, biz de "konuşurduk."

Gizlice, sessizce, tenhada ve daima konuşurduk.

"Aşk"ı, "özgürlük" diye tercüme eden Avrupa'nın cıvıltısı, henüz okul duvarlarına vurmamıştı.

Bekâret, "kutsal emanet" vasfını yitirmemişti.

Anneler, Türk filmleriyle ve şahsi tecrübeyle edinilmiş bir bilgiyle kızlarının kulağına, "İffetini korursan iyi kısmet bulursun," öğüdünü fısıldardı.

Hayat borsasında en çok iffet ile tahsilin prim yapacağına dair umutlarını henüz yitirmemişlerdi.

* * *

O yüzden biz etsek etsek "arkadaşlık" teklif edebilirdik.

Magazincilere yakalanan şöhretlerin geleneksel savunması, "Sadece arkadaşız," ola ki o günlerden kalmadır.

Biz gerçekten "sadece" arkadaştık.

Dönemin simge şarkısında Melike Demirağ, "Bir bakarsın volkan olmuş yanmışsın arkadaş," diye özetlerdi durumu...

Lise koridorlarında, "Konuştuğun biri var mı?" sorusu bir ağız yoklama alametiydi. İzleyen cümle genelde "okul çıkışı beraber yürümek" teklifi olurdu.

"Aşk" dediğin de konuşarak yürümekten ibaretti zaten...

Alpay; "Eylülde gel, okul yoluna," dedi mi, herkes yola koyulurdu.

Yegâne buluşma ve karanlıkta baş başa kalma mekânı olan sinema salonları, porno salgını yüzünden kızlara kapandığından, mekânsızlık sorunu had safhadaydı.

Okul bahçeleri aşka tahammülsüzdü.

Park izbelerinde, tek gözle bekçi gözleyerek öpüşülürdü; "densizlik"ten değil, "yersizlik"ten...

* * *

Sonraları "çıkmak" icat oldu.

Cumhuriyet'in çikita muz yiyebilen ilk nesli, yarı İngilizce konuşan başbakanlarına özenerek "*going out*"u "çıkmak" diye tercüme etmişti.

Malum soru, "Çıktığın biri var mı?" şekline dönüşmüştü.

Daha önceleri ("sadece arkadaş"ken yani) pek çıkamazdınız.

Çünkü "çıkmak" için, (Amerikan filmlerindeki gibi) önce kızın evine "girmek," babasından izin almak, eve bırakırken de kapı önünde dudağına öpücük kondurmak gerekirdi.

Biz daha içeri girememiştik ki, "çık"abilelim.

* * *

Sonra bir gün Semiha Yankı, "Sevmek bir ömür sürer, sevişmek bir dakika," diyerek yeni çağı müjdeledi.

Bir dakika mı?

Hepimizin yanağını al bastı.

Geçen 10 yıl içinde anneler, kızlarının iffet ve tahsil sayesinde hayırlı kısmet bulabileceğine dair umutlarını yitirmişti galiba...

Dil bilen ve patronuyla gezilere de "çıkabilen", "prezantabl asistan"lar daha çabuk iş bulup daha iyi para kazanabiliyordu.

"Konuşma" böylece "çıkma" evresinden "sevişme" devresine terfi etti.

Çok değil 10 yıl sonra da, "Yakalarsam muck muck"a dönüştü.

Altan Ağabey'in –bizim kuşağa denk gelecek– bir sonraki kitabını sabırsızlıkla bekliyorum.

70 Model Aşklar

Bir süre senaryo danışmanlığını yaptığım *Hatırla Sevgili* dizisinin son bölümünü ekiple birlikte izledim.

Dizinin senaristi Nilgün Öneş'in, "Belki hâlâ umut vardır," diyen son sözleriyle ilk gençliğime gittim.

Nicedir açmayan bir çiçeği koklamış gibi oldum yeniden...

* * *

Dizinin genç oyuncularının yaşadığı çağ ile canlandırdığı çağ ne kadar da farklıydı birbirinden...

Onların tarih diye anlattığı şey, bizim gençliğimizdi.

Ve onların gençliği, bizim tarihimizin mahşer yeri...

Dizi boyunca birbirine uzanıp kavuşamayan bütün o ellerde, içinde "demir bir yumruk" gibi gezdirilen hislerde, altında tutkuyla beklenen pencerelerde, uzun sessizliklerde, sevip diyememelerde, ayrılıp vazgeçememelerde, 70'liler için çok tanıdık bir hissiyat gizliydi; ki o hissiyatın hatırlatılması, dizinin siyasal hafızaya katkısı kadar önemliydi.

* * *

Söylenememiş iki sözcük yüzünden heba olup gitmiş aşkların mezarlığıdır 70'ler...

Oysa bugün aynı iki sözcüğün enflasyonundan tıklım tıkış, aşkın kabristanı...

Sevda uğruna dünyayı yıkacak kadar cüretkâr ama iş, o sevdayı itiraf etmeye gelince dünyası yıkılan çocuklardık.

O yüzden çoğumuz sevgimizi hayat boyu "sinede bir yâre" gibi sakladık. İlk yavuklumuzla hiç uyuyamadıysak da hep onun hayaliyle sabahladık.

Ve o aşklar, bir türlü vuslata erip hakkıyla yaşanamadığından, eskimeyip her daim taze kaldılar.

* * *

Kaç kırık aynada ilanıaşk provalarımızın izi vardır kim bilir; kaç lise kitabı, kurutulmuş güllerimizin döşeğidir.

Kaç park bankında, kaç yaz kampında mahcup "arkadaşlık" tekliflerimizin ergen sesi gizlidir.

Kaç plağın kapağında, kaç hatıra defterinin "kalbin kadar temiz sayfalarında" anlaşılmayı bekleyen imalı mısralarımız vardır.

Hele mektuplar!

Bizler ki son nesliyiz mektup denilen itirafnamenin... Kaç mektup "Gece ve Müzik" eşliğinde karalanmış, kaçı "Örnek Aşk Mektupları" kitabından ya da cep fotoromanından araklanmış, kaçı gizlice yavuklu cebine saklanmış ve ümitle cevap kollanmıştır.

* * *

"Aşk" demek cüretti zaten; "arkadaş"tık biz... "O en güzel, o en sıcak duygu"ydu çünkü...

"Çıkma" değil, hele "yatma" hiç değil, "konuşma" teklif edilirdi en kabadayısı...

"Konuşma" teklifi bile, "Arkadaş kalalım," diye reddedilirdi.

Arkadaşlık, o kadar değerliydi.

Bir kez söz verildi mi de, o söz, illa ki "kıyamete kadar" giden bir yemindi.

El ele tutuşmaya cüret edebilenler uzun kır yürüyüşlerinde uzun uzun susarlar. Şiirler, şarkılar derdi, onların diyemediğini...

Devrimciler, "En güzel günlerimiz / henüz yaşamadıklarımız"ı okurdu Nazım Usta'dan; lümpenler "Biz görmesek de görecekler var / bitecek dertlerimiz"i söylerdi Orhan Baba'dan...

Umut, katığıydı yarın düşlerinin...

Ve "ben" demek ayıptı, "biz" varken...

* * *

Lügatinde, "yalnızlık" yoktu 70'lerin; onca vuslatsızlığa rağmen bunca dile düşmemişti.

Kavuşmak kolaylaştıkça arttı ıssızlık edebiyatı da... Sanki ete kemiğe büründükçe etten ve kemikten ibaret kaldı ilişkiler de...

Nostaljik bir mazi güzellemesi yapmak istemem. Çünkü giderek zindana dönüşen, koyu bir karanlıktı aynı zamanda 70'ler...

Ama aşkın ha babam ertelendiği o kanlı karanlıkta bile, en dayanışmacı ve masum yanları saklıydı insanoğlunun...

Ayşegül Devecioğlu, *Kuş Diline Öykünen* romanında bir kahramanına o masumiyeti şöyle söyletir:

> Ben hiçbir zaman o kadar iyiliği bir arada görmemiştim. İnsanların en iyi halleri sanki saklanıp gizlendikleri kuytulardan çıkmış ortada salınıyorlar(dı).

* * *

Şimdi bakıyorum da umursamaz kalabalıklarda metruk bir yalnızlık yaşıyor neslim...

"'En güzel günlerimiz / Dün yaşadıklarımız' mıydı acep?" diye sorguluyor.

Canlandırdığı rol ile yaşadığı hayat arasında bocalayan, o yılların hesapsız aşklarını kıskanan, ilişki bolluğu içinde tenhalıktan yakınan genç dizi oyuncularıyla bunları konuştuk.

Gecenin sonunda, "Belki hâlâ umut vardır," dedim onlara...

70'lerden kalma bir alışkanlıkla...

Bizim Kadınlarımız

Bizim kuşak erkeklerinin genelde problemli bir ilişkisi oldu kadınlarla...

Bir ara kuşaktık.

Babalarımız, kadınsız ortamlarda büyümüş, eşlerini ilk kez gerdek gecesi çıplak görmüştü. Çocuklarımız ise ilkokulda cinsel eğitim dersiyle büyüyecekti.

"Babalarımızdan ileri, çocuklarımızdan geri"ydik; her kuşak gibi...

Ama zor bir ergenlik geçirdik.

Boğaziçi'nde o ağaçtan bu ağaca kovalamaca oynayan genç kızlar gitmiş, okul çıkışı film afişlerinde anadan üryan kevaşeler, tahrik edici pozlarla bizi karanlık salonlara davet eder hale gelmişti.

O salonların perdesinde inleyen kadınların cüretkârlığı ile mahalledeki kızların taassubu arasındaki uçurumda büyüdük. Perdedekine ısınamadan, ısındığımıza dokunamadan...

* * *

Sonra gün geldi "bacı" oldu çevremizdeki kadınlar... Onlar kadın değil siperde yan yana saf tuttuğumuz, omuz omuza halaya durduğumuz "yoldaş"lardı.

"Onca yoksulluk varken" gönül işleriyle uğraşmayı kendimize yediremedik. Sarp ihtilal yollarında sevdayla yitirilecek vakit yoktu.

O yolda el ele gezenlere, aşk acısı çekenlere, bacılara göz dikenlere iyi gözle bakılmazdı.

Vuslatı devrim ertesine erteleye erteleye tamamladık ergenliğimizi...

Siperler çöküp halaylar durduğunda, "yarin yanağından gayri" her konuda birikim sahibiydik.

* * *

"Büyük suskunluk"un ardından "bacı"larımız yeniden ortaya çıktığı zaman "kadın olmak" diye bir meseleleri vardı.

Artık siyasetin değil, kadınlığın diliyle konuşuyorlardı.

Posbıyıklı eski yoldaşları maçolukla suçluyorlardı; "eril bir dil"den, "erkek iktidarı meselesi"nden dem vuruyorlardı.

Bazı "ilişki guruları", "Bizim de cinselliğimiz var," diye haykırıyor, yatakları, odaları, evleri ayırmayı öneriyorlardı.

Daha birleştirememiştik ki...

Bu yeni dili öğrenmeye koyulduk:

"İşadamı", "bilimadamı" demek ayıptı; "iş insanı" "bilim insanı" demeye alışmalıydık.

Bir ömür verdiğimiz adabımuaşeret bilgimiz sıfırlanmıştı:

Palto tutsak, kapı açsak, yol versek, hesap ödesek kızıyorlardı.

Bize kibarlık diye öğretilen şeyler bir anda, eşitliği tahrip eden davranış kalıpları haline gelmişti.

Pısırıklaştık.

* * *

Bu şaşkınlık döneminin ardından "yeni ortama uyma" seferberliği başladı:

Bıyıklar kesildi. Göbekler eritildi. *Aşk Hikâyesi* filminin oğlanı gibi fitilli kadife ceket altına kot pantolon giyildi.

Fakat heyhat! Çilemiz bitmemişti.

Bacıların bir kısmı türbana bürünüp "hacı" oluvermişti. Bir kısmı ise iş hayatına dalıp kariyer hırsına kapılmıştı. Bu ikincilerin çoğu iki soyadı taşıyordu: biri babadan, öbürü kocadan...

Her alanda rakiptik artık... "maçoluk"ta bile...

Bebek bezi bağlayabilen pısırık erkekler gözden düşmüştü. Karizmatik, iktidar sahibi, maço erkek, tarih sahnesine dönmüştü.

Ve biz, yırtık adabımuaşeret kitaplarımızla ortada kalakalmıştık.

* * *

Maçta fanatik, işte karizmatik, ilişkide antipatik kadınlar çıkmıştı ortaya... İlişki kuramaz, kurabilsek tutunamaz olmuştuk. Vuslata eremeden boşanma çağını karşımızda bulmuştuk.

Gönlünce kadın bulamayınca ameliyatla kadın olanlar ya da erkeklere bıyık buranlar çıktı aramızdan...

Annesi gibi iffetli kadın arayanlar, cepte Viagra, Nataşa avına çıkanlar, "Haydi eller havaya" âlemlere dalanlar, internet sitelerinde eş bakanlar, aczini şiddet kullanarak bastıranlar, sığınağı erkek erkeğe ortamlarda bulanlar...

Her değişim dalgasında geri ve her daim acemiydik kadın konusunda...

Galiba da hep öyle kalacaktık.

Herkes Çıplak, Herkes Yalnız

Bodrum'da dostlarla yemek yerken birden karşı dağda lazerle yazılmış yazılar gördük.

Reklam yazısı sandık.

İşin aslı, sonradan anlaşıldı:

Meğer orada, "Seni seviyorum Ece Erken," yazıyormuş.

Sevgilisi Erdinç Acar'ın, Erken'e ilanıaşkıymış.

Yani; evet reklammış ama aşk reklamıymış.

* * *

Refik Halid Karay, *Üç Nesil Üç Hayat* kitabında, "Meşrutiyet öncesinde aşk, gizli 'ah'lar, 'of'lar, iç çekmeler, iğne ipliğe dönmeler, verem olmalardan ibaretti," diye yazar.

Delikanlı, yüzünü bile göremeden sevdiği yavuklusuna aşkını ilan etmek için penceresi önüne bir parça kömür, bir limon, bir de kuru ekmek bırakır.

Kömür, "Aşkından yandım kavruldum," demektir.

Limon, "Sevdanla sararıp soldum."

Kuru ekmek ise, "Yeter ki kavuşalım, ömrümce kuru ekmek yemeğe razıyım."

Acar'ınki bu kadar dokunaklı değil belki ama daha okunaklı...

Üstelik dağa lazerle yazı yazdırmak, dağı delip şehre su taşımaktan daha zahmetsiz...

Ve kesinlikle kuru ekmekten fazlasını vaat eden bir jest...

Meşrutiyet ile Cumhuriyet farkı bu (!)

* * *

Öykünün sonrası daha ilginç:

Ece'nin bundan önce de Erdinç Acar'ın ağabeysiyle çıktığına dair haberler –doğruysa– Acar'ın babasını rahatsız etmiş. Acar da babasının sözünü dinleyip ilişkiyi bitirmiş.

Ece, Twitter'a, "Bu gidişle evde kalacağım," diye yazmış.

Kendisini izleyen magazincilere de, "Belli ki siz bana kimi yakıştırırsanız onunla aşk yaşayacağım," diye laf çakmış.

* * *

Farkında mısınız?

Bodrum'un alametifarikalarından biri haline gelen paparazziler için, "Toplumu yozlaştırıyor," filan derken aslında tersine, ikinci sayfa haberlerinin bir "taassup müessesesi"ne dönüştüğünü görüyoruz.

Ece'nin dediği gibi, "Kim, kiminle, nerede, ne yapıyor"u aştı haberler; "Kim kimi sevmeli, ne giymeli, kaç kilo vermeli, ne kadar içmeli"ye kadar uzandı.

Egemenlik alanını genişleten paparazzi, bir dönem Batı'da Kilise'nin üstlendiği role soyundu.

Bazen aile, bazen toplum adına denetim yapıyor.

Teşhir ederek uyarıyor.

Sözü dinlenmezse –Diana örneğinde olduğu gibi– cezalandırıyor.

* * *

Ece örneğinden yola çıkarak varmak istediğim yer başka:

Bodrum kaynaklı ikinci sayfa haberleri bize, özgürlüğün –serbestlik desek daha doğru– buralarda tavan yaptığını gösteriyor.

Birkaç popüler mekânı gezince de görüyorsunuz zaten:

"Herkes ve her şey serbest!.."

Peki öyleyken neden, Sıla'nın dillerde gezen şarkısında dediği gibi, "yalnız ve çıplak, mutsuz ve damsız" herkes?..

Bunca "modern" ve rahat ilişkinin içinde "Babam istemedi," ya da, "Evde kaldım," türü taşra esprileri ne arıyor?

Neden kazmayla dağı delen âşıkların efsanesi asırlarca kalıyor da lazerle dağa yazılan aşkların ömrü iki gün bile sürmüyor?

Neden Meşrutiyet öncesinin "gizli 'ah'larının, 'of'lar"ının yerini çağımızda "aleni ve şehevi 'ah'lar, 'of'lar" aldığı halde, hem de alternatifin en bol olduğu mekânda herkes en çok yalnızlıktan yakınıyor?

Paramparça

Maksim Gorki, XIX. yüzyıl sonunda yazdığı "Boles" adlı öyküsünde Moskova'da bir apartman dairesinde karşılıklı oturan bir üniversiteli genç ile Polonyalı bir fahişenin komşuluklarını anlatır.

Polonyalı Tereza iriyarı, çirkin, biraz da geçkin bir kadındır.

Bir gün üniversiteli komşusundan kendisi için nişanlısına bir mektup yazmasını rica eder. "Mahzun kumru"sundan Varşova'daki Boles'e sımsıcak sevgi mesajları yazdırır...

Birkaç hafta sonra yeniden kapıya dayanır. Bu kez, nişanlısından kendisine gelmiş gibi bir mektup karalamasını ister üniversiteliden...

Bizim genç, bu tuhaf oyundan sıkılıp tersler Tereza'yı ve kapatır kapıyı...

Sonra pişman olup özür dilemek için kadının evine girdiğinde onu zavallı bir halde bulur. İtiraf eder Tereza, gerçekte ne Boles diye bir nişanlısı vardır ne de mektuplaşabileceği başka biri... Sevgiye susamışlığından, kafasında bu oyunu kurmuştur. Kendisine, yani "mahzun kumru"suna aşk satırları yazacak bir nişanlı uydurmuş, onun adına yazdırdığı satırları başkalarına okutarak böyle bir sevgilinin varlığına kendini inandırmıştır.

"Ne kötülük vardır ki bunda?.."

Delikanlı bunu öğrendikten sonra haftada iki kez Tereza'nın Boles'e mektuplarını yazar, sonra da Boles'in ona cevaplarını... Tereza ağlar bunları dinlerken; bir yandan da yalnız üniversitelinin söküklerini diker.

* * *

Teoman'ın *N-Style*'daki söyleşisini okurken bu hazin öyküyü anımsadım:

"Kendimi kötü hissettiğimde XIX. yüzyıl romanları okuyorum," diyordu.

İtiraf etmeliyim ki, ben de haftalardır dilimde onun "Paramparça"sıyla geziniyorum. Ve bu şarkının sözlerinde Tereza'nınkine benzer bir sevgiye susamışlığı tadıyorum:

Bugün benim doğum günüm
Hem sarhoşum hem yastayım
Bir bar taburesi üstünde
Babamın öldüğü yaştayım
Kelimeler büyüyor ağzımda
Bildiğim tüm hayatlar
Paramparça...

Bu yaşta bir delikanlı niye doğum gününde yas tutar ki?..

* * *

Son bir ayda iki Teoman konseri izledim.

Bir stadyum dolusu gencin hep bir ağızdan, "Bildiğim tüm hayatlar, paramparça," diye haykırışına tanık oldum.

Onun ağzında büyüyenlerin, kendi kuşağının kelimeleri olduğunu hissettim.

Türkiye'nin en çok satan albümü onundu. Adı, *Onyedi*.

Her şeyin satılık olduğu bir dünyada, mutsuzluktan sarhoş olmuş. "Elveda Zalim Dünya" şarkısıyla kelebek kadar süren ömrünü noktalamış 17 yaşında bir gencin öyküsü vardı albümde...

O söylerken 17 yaşında olanlar, 1983'te doğdu.

Büyük şehirde büyüdülerse ne kan kokusu bulaştı gençliklerine ne tank sesi böldü uykularını... Duvarlar, sınırlar, tabular yıkıldı onlar için; okullar, barlar, internet kafeler açıldı.

Niye öyleyse bu "iç kanama"?..

Teoman, beni çarpan bir sözcükle yanıtlıyor soruyu:

"Köksüzüz," diyor, "tutunacak hiçbir şeyimiz yok."

* * *

1990'larda yapılan bir araştırmada gençlerin çoğu, kendi durumlarını 10 yıl öncesine göre "daha kötü" olarak nitelemişti.

Hep "bir kâbus dönemi" olarak tanıdıkları "80 öncesi"nde bugünden "daha iyi" olan neydi ki?

Belki şu:

Onlar, doğru ya da yanlış, bir yere kök salmış; tutunmuşlardı.

Sokaklarda cellat kol gezerken bile, "rüzgâr gülleri"nin ölüm esintileri yerine daha iyi bir yaşam umuduyla döndüğü bir dönemdi o...

"80 öncesindekiler belki toplumu kurtarma uğruna gençliğini tam yaşamadı ama –yanlış yöntemler içerse de– dayanışma, heyecan ve paylaşma duygularıyla büyük bir toplum projesi uğruna çaba gösterdi. Şimdi ise kendisi için kendisine eziyet eden bir kuşak var," diyor Hayri Kozanoğlu... (*Yuppieler, Prensler ve Bizim Kuşak*, İletişim, 1993) ve bugünün "kalpsiz kuşak"ını, "Bildiği şair adı, bilgisayar markasından az olanlar," diye tanımlıyor.

* * *

Bugün, hepimizin bildiği bütün hayatlar "paramparça" iken piyasada bunca çeşitli aşk şarkısı olması, aslında aşkın kendisinin var olmamasından mı acaba?..

Belki de birileri Gorki'nin üniversitelisi gibi bizim adımıza, olmayan bir sevgiliye yazıyor bu satırları...

Ve biz stadyumlarda toplanıp o mısraları dinlerken, aşk varmış gibi yaparak ağlaşıyoruz...

...yaralı kalbimizin sökükleri dikilirken bir yandan...

Alen Delon'um Benim

Bodrum'da çalınan parçalara kulak kabarttım (hoş kabartmaya gerek yok ya, siz istemeseniz de onlar kulağınızın dibinde kabarıyor zaten); en çok Hande Yener'in sesini duydum:

Bodrum'a da gittik beraber
İstanbul'da da yaşadık
Sorun şehirlerde değildi
Biz tam yalandık

Sonra Sertap geliyor:

Ben yazdım kadere hüznü, perişanı
Sonu gelmez yine de bitmez ümitler
Yoksa bahçemin eski şanı,
Sebebi koparılan çiçekler...

Veee tabii Sıla'nın "Alain Delon"u:

Ba-ba-ba-ba havalara, nasıl da geriniyo
Alain Delon'um benim, nasıl da kasılıyo
No-no-no almayım, başkası alsın
Tipim değilsin, üstü kalsın.

* * *

Hemen her yerde, "eller havada" dinlenen bu şarkıların ortak paydası, şarkıda anlatılan ilişkilerin çakılması...

Yılın modası, "yalan ilişkiler", "aşk bahçesinden koparılmış çiçekler", "yalnız ve çıplak, mutsuz ve damsız" gençler...

Bu şarkıları, geceden dağa kazınıp sabah apar topar silinen "Seni seviyorum," yazıları eşliğinde dinleyince şunu anlıyorsunuz: Hayli uzun sürmüş bir baskı döneminin bitmesi şerefine düzenlenen, "Ohh be! Nihayet rahatladık," partisinin sonuna yaklaştık.

Son kuşakta, en azından belli kesimde ilişki yaşı hayli düştü; seks için evlilik mecburiyeti kaldırıldı; isteyenin istediğiyle istediğini yapmasına imkân tanındı.

İlişkilerde ambargonun kaldırılması, ambargoya inat, tamamen ambargosuz ilişkilerle kutlandı.

Bodrum'un başkent olduğu bir coğrafyada, "modern insan", belki de ilk kez sınırsız seçenek arasından "karşılıklı" eş seçip gönlünce yaşama serbestisine kavuştu.

Aseton kadar uçucu beraberlikler moda oldu.

Peki bu feryatlar ne o zaman?

Neden bu "ışıklı, janjanlı" başıboşluğun arka bahçesinden sızlanmalar işitiyoruz?

Niçin en popüler şarkılar hep yalnızlıktan söz ediyor?

Niye herkes, "Yalanların aktığı bir yerde susamak / Keşkelerin olmadığı bir yerde yaşamak" istiyor?

* * *

"Sindirilmemiş bir özgürlük"ten söz edebilir miyiz?

1968'de "çiçek çocukları" da "serbest"ti; ama orada toplumsal ve topyekûn bir özgürleşme talebinin cinsel yansıması vardı.

Biz sondan başladık.

Kafalar özgürleşemeden kalçalar özgürleşti.

O da genelleşmedi, lokal kaldı.

"Bodrum'a da gidip İstanbul'da yaşayan" "serbest kadın"ın sahneye çıkması, taşralı erkeği hazırlıksız yakaladı.

O hâlâ, –babası gibi– "serbest kadın"ı, "kevâşe" sayıyor.

Evlenmek için "iffetli kadın" arayışını sürdürüyor.

"Tipim değilsin, üstü kalsın," diyen kadın ise üstünü vere vere yoksullaşıp yalnızlaşıyor.

Bir yanıyla ölesiye bağlanmayı özlerken öte yandan bağlanıp ölmekten korkuyor.

Yalnızlık pahasına serbest kalmayı seçiyor.

* * *

Eskiden zor olan ayrılmaktı; sürdürmek mecburiydi çünkü...

Şimdi ayrılık çocuk oyuncağı; zor olan sürdürmek...

Asırlarca çiftleri alyans prangasına vuran ailenin bu kuşakta çözülmesi, yalnızlığın tadını almış bireyler yarattı.

Lakin bunun da bir hayatı başkasıyla paylaşmaktan daha kolay olmadığı gibi daha cazip de olmadığı anlaşıldı.

Özeti şu:

Bir uçtan diğerine savrulduk.

Parktan, "Çimlere basmayınız!" yazısını söktük; ama talanın sonunda elimizde çimsiz, çiçeksiz bir bahçe kaldı.

"Yaşasın, ipimizi kopardık," partisi bitmek üzere...

Dileyelim bundan sonra yasaksız, talansız, yalansız, ölümsüz ilişkilerin devri başlasın.

Ayrılığın Eski Tadı Yok

Biz çocukken, tepesinde bir dantela örtüyle başköşede duran yeşil ışıklı ahşap radyomuzdan, hüzzam makamında ayrılık şarkıları yayılırdı salona:

"Ayrılık, ümitlerin ötesinde bir şehir"di o zamanlar;

"Ne bir kuş, ne bir haber, ne de bir selam gelir,"di.

"Yaman kelime"ydi ayrılık; "benzetmek azdı ölüme"...

Ve her kim uğrarsa bu zulme, "gündüzü olurdu gece..."

Selahaddin Pınar'ın tamburu "Ayrılık yarı ölmekmiş / o bir alevden gömlekmiş," diye inler ve sorardı:

Ey sevgili sen nerdesin
Nerdesin ey sevgili?

"Çerağ" nedir bilmezdik; ama Sevim Tanürek "Alev alev çerağız biz / Ayrılsak da beraberiz," deyince bir yangın fitili tutuşurdu yüreğimizde...

Sonra Zeki Müren çağlardı, tane tane söyleyerek:

Aynı bedende can gibiyiz
Cana can veren kan gibiyiz
Yanıp da bitmez kül gibiyiz
Biz ayrılamayız
Eller ayırsa bile
Yollar ayırsa bile
Biz ayrılamayız.

* * *

Büyüdük; o "çerağ" da içimizde büyüdü alev alev...

Sevdalandık, ayrıldık, yandık.

Ayrılıkla ölümü, biz de Abdürrahim Karakoç'un "Mihriban"ıyla kıyasladık:

Ayrılıktan zor belleme ölümü
Görmeyince sezilmiyor Mihriban...

Timur Selçuk, "Ayrılanlar İçin" değil, bizim için çalıyordu:

"Ne kadar acı olsa / ne kadar güç olsa/ Her şeyi, evet her şeyi unutmalı"ydık.

"Kalırsa içimizde hep bir derin sızı kalır"dı.

* * *

Derken vuslat kolaylaştıkça; basitleşti ayrılmalar da...

Birlikte kocamaya bir yastık yetmez oldu.

Sönenin son ateşiyle yakılan sigaralar gibi; ayrı düşülen yavuklunun hasreti, yeni bir aşkın kollarında giderildi.

Ve günün birinde Ajda Pekkan, "başı yukarda meydan okuyarak hayata", ayrılıkların üzerindeki o kırık yeniklik duygusunu silip attı:

"Arkanı dön ve çık, istenmiyorsun artık," diye kovaladı eski sevgiliyi:

"Bir zamanlar sen de bana acımadın / Yalnız kaldım, yıkılmadım, ayaktayım."

* * *

Herkes bu çıkışı bekliyordu sanki...

"Ümitlerin ötesindeki o şehir" bir anda tarumar oldu.

Bir baktık ki XX. yüzyılla birlikte, ayrılan yollarda söylenen şarkılar da değişmiş, herkese bir güven gelmiş.

"Aşk dediğin geliyor, geçiyor," diyen Hande Yener, ayrılığın onuncu gününde eski sevgilisine, "Yalnız değilim, sıkılmıyorum," mesajı göndermiş.

Nazan Öncel, bir vedalaşmayı, "Jetonu mu yoktu, aramadı gitti / Velhasıl bitti," diye özetlemiş.

Sonra jeton da tarih oldu.

Ayrılık acısının ilacı bulundu.

Demet Akalın bir yıl önce "seve seve" ayrıldığı sevgilisiyle, "İsim neydi çıkaramadım / Adın neydi hatırlamadım," diye kafa buldu.

Sonra da dillerde gezen bir yaz şarkısında ayrılıklara iyi gelecek formülü açıkladı:

Hemen yeni bir aşk bulunur,
Yerin çabuk doldurulur
Sevgilimi koluma takarım
Bebek'te üç-beş tur atarım
Olmadı bi de sinema yaparım
Gördüğün gibi çok unutkanım.

* * *

Dedim ya, ayrılığın eski tadı yok.

Şarkılardan belli...

III

AŞKSIZLIĞA DAİR

Şehvet, Sevdadan Soyunduğunda

Viagra (De)jenerasyonu

1990'ların sonuydu.

Yüzyıl bitiyor, binyıl kapanıyordu.

"Yeni çağın müjdesi"ni Amerika verdi. İktidarsızlığa çare olacak mucize ilaç keşfedilmişti.

İlaç, hemen Avrupa'ya ihraç edildi. "Yaşlı Batı", bir anda Viagra ile ayağa kalktı.

Sonra da Refik Erduran ağabeyimiz 70 yaşında Amerika'ya gittiğinde, "mavi hapı denediğini açıklayan ilk Türk" oldu ve izlenimlerini *Milliyet*'e yazdı.

Zafer satırlarında, iktidara kavuşmuş bir liderin coşkusu vardı:

> Ne yalan söyleyeyim; böyle bir deneyimi gençliğimde bile yaşamadım. Yüzde 100 değil, yüzde 110 başarı...

* * *

O zaman, bu minik hapın başımıza açacağı işleri tahmin edemiyorduk.

Basit bir doping olayıyla karşı karşıya olduğumuzu sanıyorduk.

Oysa bu "iadei iktidar", özellikle emeklilik çağına gelmiş erkeklerin başını döndürdü.

Sadece yaşlılığa doğru doğal olarak performans kaybı yaşayan, yatakta birkaç kez mahcup olduktan sonra "o iş"leri azaltan "kart horoz"ların değil, iktidarsızlık derdinden muzdarip yüz elli milyon erkeğin de cinsel ömrü bir günde uzayıvermişti.

"Azgın teke"ler, muhtaç olduğu kudrete kavuşmuştu.

Mavi haplar, cüzdan zulalarına konuldu ve Viagra sayesinde kendine güven tazelemiş bir ordu, kokular sürünüp çapkınlık marşlarıyla yola koyuldu.

* * *

Yanlış anlaşılmasın; arsızlığa haptan bahane aramıyorum.

Sadece, Amerikan başkanı ile IMF başkanının da aralarında yer aldığı ordunun bu kadar hızla çoğalmasına, özellikle de 60 yaş üstü erkeklerde uçkur davalarının son 10 yılda hızlanmasına yol açan fiziksel altyapıya dikkat çekiyorum.

Dikkat ederseniz, cinsel içerikli skandallar; siyasi, dinî kimlik, sınıf, inanç farkı gözetmiyor:

"Yaşlı erkek, genç kadın" konulu filmler, bir gün CHP'yi, ertesi gün MHP'yi vuruyor.

Aynı taciz suçlamasıyla hem Bill Clinton hem Hüseyin Üzmez yargılanıyor.

İkinci baharda iktidar arayanların hap kardeşliği...

* * *

Nasıl doğum kontrol hapının keşfi, zamanında bir cinsel özgürlük akımının önünü açtıysa Viagra'nın icadı da benzer bir devrime yol açtı.

Ancak bu, ilki gibi demokratik bir devrim olmadı; çünkü bu seferki hap, sadece erkeklere bahşedilmiş bir ayrıcalıktı.

Viagra, bazı vakalarda gerçekten mucizevi etki yapıp kimi ilişkilerin kurtulmasında rol oynadıysa da tersi daha sık görülür oldu. Eşleri cinsel iştahsızlık dönemine girerken ıslah çağına gelmiş erkeklerin cinsel ömrü uzayıverdi.

"Hapı yutmuş erkekler", çoğu zaman kendilerinden küçük partnerler seçti.

Bu yaş farkının kaç erkeği kalpten götürdüğünü, kaç evliliği mahkeme kapısında söndürdüğünü, fuhuş sektörünü nasıl büyüttüğünü henüz bilmiyoruz.

Şimdilik bildiğimiz, eskiden, bir yaştan sonra dile vuranın, şimdi bele vurduğu...

Amerikan başkanını Oval Ofis'te stajyer avlayacak, IMF başkanını otel koridorunda temizlikçi kovalayacak hale soktuğu...

Ben buna, "Viagra (de)jenerasyonu" diyorum.

Ak saçlıların azgınlık çağı başladı...

Sonumuz hayrolsun!

Fatmagül'ün Suçu: Tecavüz Promosyonu

Google'a, "Fatmagül" ve "tecavüz" yazarsanız üç yüz bin sonuç geliyor. En yaygınları şunlar:

"Fatmagül'e nasıl tecavüz ettiler?"

"Hülya mı, Beren mi tecavüzde daha iyiydi?"

"Beren'e, Müjde'den fazla tecavüz edildi."

"Fatmagül'e tecavüz sahnesi... İndir, izle!"

Yüzlerce site, *Fatmagül'ün Suçu Ne* dizisinin haftalardır merakla bekletilen tecavüz sahnesini yayınlıyor.

Yüz binlerce göz, heyecanla indirip izliyor. Görüntüyü yani...

* * *

Fatmagül'ün Suçu Ne, Vedat Türkali ustanın eserinden yapılan bir uyarlama...

Tecavüzün, hem tecavüze uğrayan kadının hem de tecavüzcüsünün hayatında açtığı yaraları işleyen bir eser bu...

Fakat dizinin tanıtımında tecavüz sahnesi öyle abartıldı ki, bu kampanya, başlı başına bir yaraya dönüştü.

Haftalardır, "Beren nerede tecavüze uğrayacak?", "Tecavüz heyetinde kimler yer alacak?", "Tecavüze uğrayacağı kumsalda ne önlem alındı?", "Beren nasıl hazırlandı?", "O mu, yoksa Hülya mı daha iyi tecavüze uğradı?" haberleriyle o "büyük" âna hazırlandık.

Nihayet tecavüz gecesi gözümüzü ekrana dayayıp Fatmagül'ün ırzına geçilişini cümbür cemaat izledik.

Ve eserin amacının tamamen zıddına olarak elbirliğiyle bu sahneyi bir "toplu tecavüz seyirliği" haline getirdik.

* * *

Meşhur bir oyuncuyu, dört erkeğin tecavüzüne uğrarken izlemek dünyanın her yerinde ilgi çekebilir.

Fakat tecavüz olaylarında en suçsuz olanın suçlandığını anlatan bir eser, sırf tecavüz sahnesiyle pompalanıyorsa eserin hesaplaştığı maço zihniyetin tuzağına düşmüş demektir.

Tecavüz haberlerinde bizim de sıkça düştüğümüz bir tuzaktır bu:

Bazen haber yazılırken olay o kadar ayrıntılı anlatılır ki, okuyanı özendiren bir "tecavüz güzellemesi" çıkar ortaya...

Bazen kasten, bazen de istemeden...

* * *

Çünkü erkek dünyasında tecavüz, kadından farklı çağrışımlar yapar.

Erkek, "Kadınların çoğu, tecavüz fantezisi kuruyor," yazılarına inanma eğilimindedir.

Çoğu porno, bu inancı besler.

Türk filmlerindeki tecavüzcülerin dilinden düşmeyen, "Debelenme, sen de zevk alacaksın," lafı, bunun ifadesidir.

Kadını "en büyük kışkırtıcı" sayan maço, dişi köpek kuyruk sallamasa itlerin harekete geçmeyeceğine inanır.

Böylece suç, baştan Fatmagül'e yıkılır.

Bu zihniyete hukuk da katılır. Tecavüze uğrayan kadın fahişeyse tecavüzcüsü ceza indiriminden yararlanır. "Tahrik", tecavüze bahane sayılır.

Kadın, şikâyetçi olmaya çekinir. Tecavüzcü erken salınır. Kurban, "kirli" damgasını yer; teşhir edilir, dışlanır.

* * *

Daha feci gerçek şu:

Türkiye'de her üç tecavüzcüden ikisi, kadının tanıdığı adam:

Ya sevgilisi ya kocası; eniştesi veya babası...

Bizim hararetle beklediğimiz görüntüleri, evde tecavüzcüsüyle birlikte izleyen Fatmagül'ler var bu ülkede...

"Erkek bulmaya Türkiye'ye geldiler," masallarına inanıp turist kadınları tecavüzde öldüren magandalar var.

Uğradığı tecavüzü kim bilir kaçıncı kez anlatmak üzere Adli Tıp kapısında sıra bekleyen kız çocukları var.

Yazana, oynayana, çekene sözüm yok; ama dizi bahanesiyle medyada, İnternet'te, "Irzına nasıl geçtiler, yakından bakalım," kampanyası açarak fazlaca tecavüz reklamı yapmış olmuyor muyuz?

Hiç olmazsa reklam gelirinin bir kısmını, barış yürüyüşünde Türkiye'de tecavüz edilerek öldürülen Pippa Bacca'nın ailesine yollasak iyi olmaz mı?

Lolita İhtilali

Milliyet'in üçüncü sayfasında bir haber:

"12 yaşındaki kız, internette tanıştığı adama kaçtı."

Sayfayı çevirin:

Edirne'de sevişirken görüntülenen liseli kızın fotoğrafları... Ve Mardin'den Sivas'a kadar Türkiye'nin dört bir yanından 12-13 yaşında küçük kızlara tecavüz haberleri...

Madalyonun bir yüzünde ağzı salyalı sübyancılar var.

Peki diğer yüzünde?..

Alttan alta inanılmaz bir "ergen ihtilali" yaşadığımızın farkında mısınız?

* * *

Son zamanlarda bir lise mezuniyet balosunda bulundunuz mu hiç? Gitseniz, gördüğünüz ağır makyajlı, cesur dekolteli, yüksek topuklu, ceptelefonlu kızların 16-17 yaşında olduğuna inanabilir miydiniz acaba?

Levent'te bir estetik kliniğinde görevli bir uzmanla görüştüm. Dinlediklerime inanamadım:

"14-15 yaşında kızlar, ana babalarından habersiz gelip kaşlarını kaldırmak, fazla yağlarını aldırmak, selülit tedavisi yaptırmak istiyor."

Geçenlerde bir kız elinde Angelina Jolie'nin fotoğrafıyla gelmiş ve, "Bununki gibi dudak istiyorum," demiş.

18'lik bir lolita da göğüslerini büyütmesi için yalvarmış.

"En büyük istekleri" neymiş biliyor musunuz?

Zara'nın ya da Diesel'in 34 bedenine sığabilmek...

Bunun için yarışıyorlarmış:

"Çünkü televizyonda gördükleri mankenler 34 beden giyiyor. Onu giyebilmek için 44 kilo kalmaları lazım. Bunun için resmen aç geziyorlar. Gün boyu yedikleri, bir kâse yoğurt, iki tas salata, sigara, kahve ve kola... 500 kaloriyle yaşamaya çalışıyorlar. O yüzden vücutlarında demir, sodyum eksikliği var. Yanlış beslendikleri için vücutları hızla deforme oluyor, müdahale için de bize geliyorlar."

Uzman, bunun son üç yılda gözlenen bir "patlama" olduğunu söylüyor:

"Ben de anneyim, 18'lik 'lipolu' (yağ aldırmış) kızları görünce dehşete kapılıyorum. Biriktirdiği 300-500 lirayla gelip, 'Dudağımızı şişir,' diyenleri, 'Bırakın dudağınızı da gidin kafanızı şişirin,' diye geri yolluyorum."

* * *

Genelde üst gelir grubundan hastaları bulunan bir jinekoloğun gözlemleri daha da çarpıcı:

"Genç nüfusta müthiş bir uyanma var," diyor. 17-18 yaşlarında lise öğrencilerinin kürtaj için başvurduğunu söylüyor ve bazı gözlemlerini aktarıyor:

Batı'da ergenlik yaşı 16-17'den 11-12'ye geriledi.

Amerika'da 10'a kadar düştü.

Genç kızlar, annelerine göre daha erken âdet görüyor artık...

Bunun, iklimden beslenmeye kadar pek çok nedeni olabilir; ama en önemli nedenlerinden biri "psiko-seksüel uyarımın artması."

Yani, okulda, çevrede ve özellikle de medyada cinsel teşhirin yaygınlaşması... Baştan çıkarıcı klipler, uyarıcı filmler, cinsellik yüklü diziler, çıplaklığa çağıran reklamlar, beyinde ergenliği erken uyandırıyor, cinselliğin keşfini hızlandırıyor.

Özellikle varlıklı kesimden gençler, lise çağında, özentiyle büyük ve seksi görünme derdine düşüyor. Karşı cinsi de sadece bir seks nesnesi olarak görüyor.

Anneleri mi? Onlar da kızlarının ponponlu çorapları ve lastik ayakkabılarıyla genç görünme çabasında...

Küçükler büyük, büyükler küçük görünmek için yarışıyor adeta...

* * *

Kimseyi suçlamayalım; bu tablo bizim eserimiz:

İyi bir kalça sahibi olmanın, iyi bir kafa sahibi olmaktan daha fazla prim yaptığı bir ülkeden ne bekliyordunuz ki? Kafasını çalıştıranların kafasını koparırken kalçasını çalıştıranları baş tacı eden bir toplumda, çocuklara nasıl, "Göğsünü değil, kütüphaneni büyüt," öğüdü verebiliriz ki?

Yasak çare değil...

Beyin faaliyetine itibar kazandırmaya ve öncelikler konusunda topyekûn bir hesaplaşmaya ihtiyacımız var.

İkinci Hayatlar

İzmirli, 43 yaşında bir işadamı, gizlice kiraladığı bir evde boğazı kesilerek öldürüldü.

Bulunduğunda yüzü makyajlıydı. Üzerinde kombinezon ve kadın külotu vardı.

Polis kısa zamanda katilin izine ulaştı.

İletişimin patladığı ve adım adım kaydedildiği çağda her şey kayda geçmişti zaten:

Kurbanın girdiği internet siteleri...

MSN'de sohbet ettiği adresler...

Telefon ettiği son kişinin numarası...

Evine girip çıkanların güvenlik kamerasındaki görüntüleri...

Hayatı, hepimizinki gibi, tam bir elektronik muhasara altındaydı.

* * *

O, muhasarayı yarabileceğini düşünmüş, gizli bir sığınakta kendine ikinci bir hayat kurmuştu; ilk hayatıyla taban tabana zıt, bambaşka bir ikinci hayat...

Kurban böyle de katili farklı mı?

O da 25 yaşında bir inşaat işçisiydi.

İnternetteki arkadaşlık sitelerinde tanıştığı eşcinsellerle para karşılığı ilişkiye giriyordu.

Cinayet ânında o da ikinci hayatındaydı.

Gündüz harç kararken gece âlemlere dalıyordu.

* * *

Kimsenin tercihini çekiştirecek, geride kalanların acılarını deşecek değilim.

Ben daha çok, ortaya serilen ikinci hayatlarla ilgiliyim.

Farklı dünyalarla iletişimin imkân dahiline girdiği, ilişkiler ağının yayıldığı bir çağda, değişik etkilere açık hale geldik. Davranış repertuvarımız da genişledi.

Modern hayatın karmaşası, hepimizde çoğul kişilikler yarattı.

Bu yenilik, kişilik denilen okyanusta büyük dalgalanmalara yol açtı.

Çoğu zaman yüzeyde görünmeyen iç akıntılar, en ufak fay kırığında tsunami gibi patlamaya başladı.

* * *

İnternette "Kleopatra" rumuzuyla eş arayan bir işadamını ya da ona para karşılığı hizmet veren bir inşaat işçisini görünce, sanal sohbetlere sahte isimle katılan diğerlerini düşünüyor insan...

Acaba gündüzleri mecburi edindikleri kimlikleri mi gerçek saymalı, geceleri gönüllü büründükleri kimlikleri mi?

Gündüz, sanki bir tiyatro sahneleniyor. Maskeli kişilikler, verilen rolü en iyi şekilde oynamaya çalışıyor.

Sonra gecenin hoşgörülü loşluğunda maskelerini çıkarıyorlar.

Zorunluluklardan, sorumluluklardan, rollerden soyunup karanlığın pelerinine bürünüyor ve ikincil kişiliklerine sığınıyorlar.

Gece, "neyseler o olma" fırsatını bahşediyor.

Asıl hayat, orada zuhur ediyor.

Gündüzün yaraları orada sarılıyor.

Biraz da bu terapi sayesinde ertesi sabah tiyat-
hevesle başlıyor.

Oysa çoğumuzun kalın maskesinin altında da binbir yüz var. Potansiyel kurbanlar ya da katilleriz.

Asıl kurbanlar ve katillerden farkımız; onların yaşamayı göze aldığını bizim bilinçaltı denilen kara delikte saklamamız, bastırmamız...

İşte bu yüzden, kimsenin kendisi olma hürriyetine kavuşamadığı bir çağın 3. sayfalarında, insana dair okuduklarım şaşırtmıyor beni...

Sadece, "Bir maske daha yırtıldı," diye düşünüyorum:

"Bir gece daha aydınlatıldı. Bir hayat daha karartıldı."

Manken Olsun da Çamurdan Olsun

Belki de bir manken sevgiliydi, bütün ideali...

O ünlü moda kanalı açıkken gözleri ekrana kilitlenirdi.

Çocuklar bile artık doktor, mühendis filan değil, manken olmak (veya hiç değilse bir mankenle birlikte olmak) istiyordu.

TV'de gördüğü, beğendiği tüm starların birer manken sevgilisi vardı.

Memleketimizde mankenle bir gece geçirmek, başlı başına bir statü göstergesi sayılırdı.

O da bunu yaptı.

Lakin imkânları sınırlı olduğundan, onun tek gecelik mankeni, polyesterdendi.

* * *

3 Ocak gecesi, 30 yaşındaki Ahmet, Antalya Lara'da bir giyim mağazasının soyunma kabininde sotaya yattı.

Saat 22.00 olunca mağaza kapandı, Ahmet içeride kaldı.

Beklediği an gelmişti.

Vitrinde göz diktiği üç mankeni boylu boyunca yanına yatırdı.

İnsanlık tarihinin en ilginç "orji"lerinden biri başladı.

Mankenlerini soydu Ahmet; "taş gibi" göğüslerini ve dudaklarını ısırdı, meme uçlarını kopardı. İtirazsız bir tecavüzün, mukayesesiz bir çiftleşmenin keyfine vardı.

Sonra da erken geç düşünmeden, partnerlerinden birinin kasığı üzerine boşaldı.

Lakin en büyük hatayı bundan sonra yaptı:

Mankenlerin koynunda uyuyakaldı.

Sabah gelen işçiler, onu mutluluk rüyasından uyandırdı.

Tecavüzden değilse de işyerine izinsiz girmekten ve mala zarar vermekten adliyeye sevk edildi. 1 TL kefaletle serbest bırakıldı.

Eve döndüğünde eşini bulamadı. "Mankenle ihanet" haberi, televolelerdeki gibi, ayrılık getirmişti.

* * *

Ahmet bu işi evde şişme kadınla yapsa onun adı "fantezi" olacaktı; uluorta vitrin mankenleriyle yapınca iş "sapıklık" diye isimlendirildi.

Plajlarında birbirinden güzel Rus kızların cirit attığı Lara'da, para denkleştiremeyen daha cesur (!) erkekler canlısına tecavüze yeltenirken mahcup tecavüzcüler, vitrin mankenleriyle idare etti.

Neticede hepsinde aynı cazip çıplaklık, aynı çekici uzaklık, aynı soğuk kadınsılık yok muydu?

* * *

Dalga geçmeye pek müsait olsa da, bu trajikomik öyküde hazin bir yalnızlık ve çaresizlik kokusu var.

Biz, bu toplumun erkekleri, asırlarca cinsimize yasaklanan kadın cemali ve vücudunu, şunun şurasında ancak 100-150 senedir sokakta görüyoruz.

Onları sere serpe bir özgüvenle izleyişimiz daha da yenidir; olsa olsa son 10-15 yıl...

Asırlık bir açlığın üzerine 10-15 yıldır her gece yüz elli kanalda, plajda, kulüpte, sokakta davetkâr bir işveyle yürüyen, "Öp beni!" diye inleyen, şehvetle dans eden kadınlar görmek, kimimizi heyecanlandırırken kimimizi bunalıma soktu.

Cumartesi, *Sabah*'ın birinci sayfasında, çalıştığı fabrikada kendi ürettiği kıpkırmızı fantezi iç çamaşırına hayretle bakan türbanlı genç kız gibi, 10 yılda yarattığımız 15 milyon genç, bakakaldı evde yaşadığı ile ekranda izlediği arasındaki akıl almaz farka...

Herkesin her gün başka mankenle aşk yaşadığı bir farazi dünyayı gerçek sananlar için "yüzyıllık yalnızlık" hepten dayanılmaz oldu.

Pazarlanan fanteziler ile toplum gerçeklikleri arasındaki boşluğu, memeleri dişlenmiş vitrin mankenleri doldurdu.

Şişme Kadın Bakire Çıkmazsa

1980'lerde Türkiye'de Güney Kore mucizesinden söz edilirdi hep...

"Adamlar yapmıştı."

Kore, Batı'nın ilmini, teknolojisini almış ama geleneksel değerleriyle Doğulu kalmayı başarmıştı.

Bu mucizevi formül, onları uçurmuştu.

Modelin arkasında işçiyi robotlaştırıp en küçük itirazı ezen bir diktatörlük olduğu söylenmezdi pek; ekonomik rakamlar öyle büyüleyiciydi ki...

Ben, "Güney Kore modeli" denince "bakire şişme bebek" gibi bir şey düşünürdüm hep:

Batı teknolojisi: yani şişme bebek...

+ geleneksel değerler: yani bekâret...

+ güçlü iktidar: yani üzerindeki erkek...

* * *

Bakire kızımızın Türkiye'ye gelişi 1990'ların başıdır sanıyorum.

Şişme bebek daha önceden de vardı ama Türkiye pazarı için "bakire" olanı o yıllarda çıktı.

Önce gazete ilanlarında boy gösterdi.

Sonra, özellikle Doğu ve Güneydoğu'da kapışıldığı söylendi.

Bunun da ağzı açıktı, boş bakışlıydı, lateks dokuluydu ama gereken yerinde ince elastik maddeden yapılmış bir zar vardı.

1.500 liraya bu bakireyle yatmak mümkündü.

Hatta azıcık daha paraya kıyılırsa "boyalıları" da satılıyordu.

O modelde fazla yüklenince elastik madde deliniyor, boya akıyor; yani şişme bebeğimiz kanıyordu.

Bekâr damatlar için de çarşafı kapıp çatıya dikmek mümkün oluyordu.

* * *

İlk çıktığında geyiğini yapmıştık:

"Yakında zarı bozuk çıktığı için hançerlenen ya da boyası fazla aktığı için acile yetiştirilen şişme kızlar görürüz," diye...

Hatta bekâr evlerinde "erken davranan"ın, evin diğer sakinlerince "ırz düşmanı" ilan edilebileceğinden, bekâreti bozulmuş şişme kadınlar uğruna namus cinayetlerinin başlayabileceğinden endişelenmiştik.

Heyhat!

Bizim geyik gerçek oldu.

Sabah'ta Hayrettin Bektaş'ın haberinde okudum.

Çankaya Belediyesi, tüketiciler için bir "Hakem Heyeti" kurmuş. Tüketici şikâyetlerini alıp çare arıyorlarmış. Yılda ortalama on bin başvuru yapılıyormuş.

En ilginç başvuru, emekli bir devlet memurundan gelmiş.

Tüketicimiz, seks malzemeleri satan bir mağazadan şişme kadın almış. Sonra da heyete başvurarak parasının iadesini istemiş.

Gerekçesi mi?

"Satarken bana bakire olduğunu söylediler. Bakire çıkmadı. Hayal kırıklığına uğradım. Kandırıldım," diyormuş.

* * *

İnsan gülemiyor bile...

Eh amcacım! Paraya kıyıp kızın plastiğini almışsın.

Paketi ihtimamla açmış, dilberi üfleyerek canlandırmışsın.

Lateks tende vazelinli dokunuşlar yapmışsın.

Artık bundan sonra o naylon ilişkide bile bekâret sormak, delikli balonun dahi kızoğlankızını aramak niye?

İnsan, emekli amcanın o hiddetle "yenge"nin karnına bıçağı batırdığını ve çıkan, "Pıssss!" sesinden panikleyip kutusuna kaldırdığını düşünüyor ister istemez...

Muhtemelen sonra da, "Kızınız bakire çıkmadı," diye yeni gelini baba evine yollayan kocalar gibi "kullanılmış kız"ı belediyeye şikâyet etti.

* * *

Teknolojinin kültürel uyumuna eşsiz bir örnek bu...

"Dili titreşim ayarlı, gözleri oynayabilen, üç işlevli yatak arkadaşı"na lastikten bekâret kemeri takılması, insanın damağında, üzerine dantelalı örtü serilmiş bilgisayar ya da nazar boncuklu yarış arabası tadı bırakıyor.

Ama düşündürücü aynı zamanda da...

Ananevi bağnazlığın, mütemadi kadınsızlıkla buluşmasından zuhur eden acıklı bir cinsel bulamaç...

Kadının hem bakiresini hem seksisini arayan erkeğin trajik ikilemi...

Hem, "Başım ağrıyor, bu gece olmaz," demeyen, hem istenen pozisyona giren, her ezaya razı olduğu halde ertesi sabah ağzını açıp (pardon, konuşup yani) şikâyet etmeyen, erkeğin iktidarını da küçümsemeyen bir kadınla olmanın eşsiz ferahlığı...

Adamlar yapmış.

Bir de bozuk çıkmasaymış.

Seks Patladı Biz Altında Kaldık

Abant'ta bir mühendis, kiraladığı Ceylan adlı kısrağa tecavüz ederken yakalandı.

At sahibinin takibi sonucu iş üstünde yakalanan mühendis, "hayvana cinsel istismar" suçlamasıyla gözaltına alındı.

Bolu Hayvanları Koruma Derneği üyeleri, Ceylan'ı ziyaret edip şeker verdiler, "insanlık adına" özür dilediler, satılmasını engellediler.

Dernek üyesi bir kadın olay yerinde, "Utanıyorum atın gözlerine bakmaya," diye başlayan bir şiir okudu.

Aynı gün Sakarya Hendek'in bir köyünde, ahırdaki ineğin arkasında yakalanan 17'lik bir genç, jandarmaya teslim edildi.

N'oluyoruz?

* * *

Van'ın Muradiye ilçesinde bir hayat kadınını il il dolaştırıp pazarlayan beş kişi, bisiklet turuna çıkmış iki İsviçreli turisti görünce çullandı. Adamı ağaca bağlayıp gözünün önünde sevgilisine tecavüz ettiler.

Atabey Çetesi'nin lideri denilen Yüzbaşı, ortağının bombaları sakladıkları Ankara Eryaman'daki eve "karı kız getirmesi" yüzünden aralarında anlaşmazlık çıktığını açıkladı.

Türkiye'nin, insan kaçakçılığında önde gittiği; Rusya ve Ukrayna'dan gelen genç kızların hayat kadını olarak zorla çalıştırıldığı açıklandı.

N'oluyoruz?

* * *

Prof. Teksen Çamlıbel, *Günaydın*'a Türkiye'de seks yaşının hepten düştüğünü, 18 yaş ve altında kürtaj patlaması yaşandığını açıkladı.

Haydar Dümen'e Kars'ın bir köyünden yazan 25 yaşındaki kız, "Kız arkadaşlarımla, takma penislerle birbirimizi tatmin ediyoruz. Biz eşcinsel miyiz?" diye soruyordu.

Geçen ay bir yüzbaşı, gerdek gecesi, "başarısız" olduğu için tabancasıyla canına kıydı.

Sahi n'oluyoruz?

* * *

Olan şu: Cinsellik, tarihin hiçbir döneminde olmadığı kadar ön planda; ekranda, filmde, klipte, defilede, dizide hep başrolde...

Henüz vücudu, zihni cinselliğe hazırlanmamış ilkokul öğrencileri, tuvalette cep kamerasıyla birbirlerini dikizliyor.

Seks endüstrisi, etki alanını köylere kadar yayıyor.

Elden ele gezen porno VCD'lerde kadınlar istekli, erkekler yağız.

Paparazzi mankenleri rahat, işveli...

Oysa hayat öyle değil.

Magazin programlarındaki sunumun aksine hayat, mühendis bile olsan, dağda bir kısrak dışında seçenek sunmayabiliyor.

Pornoda, kocasının önünde başkalarıyla zevkle sevişen yabancı kadına gerçek hayatta bunu yapanlar, "tecavüzcü" diye linç ediliyor.

Evlenince VCD'deki performansı tutturamamak, erkekte derin bir yenilgi psikolojisi yaratıyor.

Ve biz üçüncü sayfa haberlerinden öğreniyoruz, buz dağının altında ne acılar yaşandığını...

* * *

Evet, seks patladı ama toplum, hazırlıksız yakalandı.

Bilinçlenme, teşhirin hızına yetişemedi.

Eğitim gecikti.

Cinsellik, cehaletin elinde kaldı.

Suni penisler köye, kameralı telefonlar ilkokul tuvaletine kadar girdi, kürtaj yaşı 18'in altına indi; ama devlet, yıllar yılı öğrenciye gebelikten, prezervatiften söz etmeye çekindi.

Nihayet cinsel eğitime karar verdiğinde öğrenciler, öğretmenlerinden daha çok şey biliyordu.

* * *

Baskı, olup bitenlerin çaresi değil, nedeni...

O yüzden çözümü, seksi dizileri engellemekte, attan özür dilemekte, tecavüzcüyü linç etmekte filan değil, yaygın ve cesur bir cinsellik eğitiminde, kitlesel bir cinsel aydınlanma devriminde aramalıyız.

Sex Shop Manzaraları

Dikkat! Bu yazı çocuklar ve bulantısı olanlar için sakıncalıdır!

Berlin'in göbeğinde seks filmleri ve aletleri satan bir mağazaya girdim ve ne yalan söylemeli, hayret ettim.

Camekânını erotik fotoğrafların süslediği mağazanın girişi, muşamba perdelerle gizlenmiş. İçeride süpermarketi andıran geniş bir alan ve o alana yerleştirilmiş düzenli raflar var.

Bir köşede şişme kadınlar, deri maskeler, kırbaçlar, iç çamaşırları, boy boy alet edavatlar...

Alt katta, ekrandaki filmlerle baş başa kalınabilecek dar odalar...

Ve ortadaki raflarda pornolar...

* * *

Daha önce *sex shop* gezmiş olanlar için tanıdık manzara...

Beni hayrete düşüren bu değil: Moda olan seks filmleri...

Girişte en öne konulan DVD'lerin konusu neydi biliyor musunuz?

Pislik yedirme!

Ben eskiden tezgâh altında meraklısına sunulan bu tür fantezilerin –mevzuu bilenler cehaletimi bağışlasın– çoktandır böyle popüler hale geldiğini bilmiyordum.

DVD'lerin kapağında, ortalarına yatırdıkları kadının ağzına işeyen erkeklerin, hemcinsinin ağzına kusan kadınların, birbirlerinin vücuduna sıvadıkları ("havyar" diye adlandırılan) dışkıyı teninden yalayan grupların fotoğrafları vardı.

* * *

Ahlakçılık taslamak istemem; herkesin zevki kendine...

Sadece "ilginç"in yerini "iğrenç"in aldığına, "müstehcen"in tahtına "müstekreh"in oturduğuna dikkatinizi çekerim.

70'lerin pornolarındaki türden seks, tamamen gözden düşmüş. Yatak odalarının yeni gözdeleri şunlar:

Şişmanlarla, cücelerle, hamilelerle, yaşlılarla seks, çocuklara tecavüz içeren Japon çizgi filmleri...

Atlar ve köpeklerle çiftleşme...

İşkence yaparak ırza geçme...

Bu arada Türkçe pornolar da artmış. Pek manidar isimler taşıyan DVD'lerin posbıyıklı, koca göbekli kahramanı, "Sekiz aylık hamile, azgın bir kadın"ın üzerindeydi bir macerada...

* * *

Peki ne oldu da dışkı, yatak odalarının mezesi oldu?

Sokakta şiddetin, sinemada pornonun hüküm sürdüğü 1970' lerin sonlarında sevgili hocam Prof. Ünsal Oskay, "Eros'un ölümü"nden söz ederdi bize, üniversitede... Dünya hızla ve acımasızca değişirken yaşadığı ekonomik ve kültürel sarsıntının nedenlerini kavrayacak birikime sahip olmayan kesimlerin nasıl husumete sürüklendiğini anlatırdı. "Sıradan insan", bu husumeti iktidara değil, en yakınındaki benzerlerine yöneltir, şiddete, kabalığa, zorbalığa başvururdu.Kitlelerin ruh sağlığı bozuldukça eziklikten doğan bir üstünlük duygusu ve sadizm öne çıkardı.

Bu, "yaşama sevincinin ölümü"nün habercisiydi...

* * *

Ünsal Hoca'nın tespitlerini bugüne uyarlayalım:

Değişim, küresel boyutta hızlandı. Ütopyalar çöktü. Yarın endişesi derinleşti. Güven bitti. Zemin çamurlaştı.

Çürüyoruz.

Bu çürüme ilişkilere de yansıyor.

Özgürlük sanılan bir serbesti ve sevdadan arındırılmış şehvet, azgınlıkta sınır tanımıyor.

Paparazziler, gündelik ilişkileri kovalıyor.

"Serbestler"in iştahı, yaygın cinsel açlığın karnını doyuruyor.

Ceptelefonu-kamera-bilgisayar üçlüsü, iletişimden çok, porno bulmak ve tuzak kurmak için kullanılıyor.

İhanete uğramışların şantaj kasetleri dolaşıyor internette...

Çocuklar örnek alıp okul tuvaletinde ceptelefonuyla ava çıkıyor.

Hayatımızda güzellik, estetik, sanat eksildikçe, bağlılık, umut, güven tükendikçe, çürüme marifet gibi sergilendikçe bir apse patlamışçasına cerahat akıyor mesaj kutularından, *sex shop*'lardan, yatak odalarından...

İnsanoğlu sevgiden koptukça b.ka bulanıyor.

Ve aşk, ayağa düştükçe kuburda boğuluyor.

Zamane Evlilikleri

Aşk, Seks ve İzdivaç

Kadın ve erkek...

Birbirine en yakın ve alabildiğine uzak...

Asırlardır bir arada olmanın en ideal yolunu arıyorlar.

Aralarında binbir tuzak...

Sevmek istiyorlar; sevişmek ve evlenmek...

Ama tarihe bakınca anlıyoruz ki neredeyse imkânsız, bu üçünü bir araya getirmek...

* * *

Aşkın En Güzel Tarihi'ni yazan Dominique Simonnet (İş Bankası Kültür, 2003) "Kadınlarla erkekleri bağdaştıran üç bileşenle her devir, kendi çıkarları doğrultusunda oynadı," diyor.

Üç bileşen:

Yani; aşk, seks ve izdivaç...

Sonuncudan başlayalım:

Erkek ile kadın nikâh kıydığında diğer ikisi yoktu ortalıkta: Evlilik, aşka uzaktı; hazzın adı bile yasaktı.

Çiftler çocuk doğurmak, soyu sürdürmek, mirası garantilemek için evlenirdi.

Roma'da, Hıristiyan ahlakında, Ortaçağ'da, tensel arzu günahtı. Oynaşmak, namussuzluk sayılırdı. Meşk, evlilikte bile yasaktı.

Rönesans'a kadar Avrupa'da kadın ve erkek, çıplak uyuma yasağı yüzünden, yatakta bile tenleri birbirine değmeden, sadece çocuk doğurmak için çiftleşerek yaşadılar.

* * *

Sonra "aşk izdivacı" geldi.

Kilise'nin asırlar süren büyük direnci kırıldı; evlendirilen kadın ve erkeğin birbirini sevmesine "izin" verildi.

Ama cinsellik, hâlâ ağza bile alınamayacak bir tabu olmaya devam ediyordu.

Bekâret en yüce erdemdi. Arzu, Şeytan'ın çağrısı... Seks, kötülüklerin anası...

Beden, bekâret kemerlerindeki, korselerdeki ezelî tutsaklığından Fransız İhtilali'nden sonra bile kurtulamadı. Asırlık bir gemle dizginlenen arzular, patlamak için XX. yüzyılı beklemek zorunda kaldı.

1960'lardan itibaren haz, uykuda bekletildiği yüzyılların intikamını alırmış gibi bir cömertlikle sahneye çıktı.

İşte nihayet aşk, seks ve izdivaç bir aradaydı.

* * *

Fakat heyhat!

Yine olmadı.

Bu geçici birliktelik çabuk sonlandı.

Çünkü bu kez de evlilik sallanmaya başladı.

Serbest aşkın cazibesi, yuvaların korunaklı duvarlarını sarstı.

İlk kez zevk almayı talep eden kadınlar, süngüsü çoktan düşmüş pederşahi bir barajı yıktı.

Aşk devrimi, seksi özgürlüğe kavuştururken aileyi çökertti.

* * *

Sonrasını biliyorsunuz:

Seks sokağa çıktı.

"Hazsız evlilikler"in yerini "evliliksiz hazlar" aldı.

"Sekssiz aşk"la ömür tüketmiş kuşakların torunları "Aşksız seks" yaşamaya başladı.

Çocuk doğurmadan sevişmek mümkün hale geldi; hatta sevişmeden çocuk doğurmak da...

Sevgisiz çıkar evlilikleri geri döndü.

Cinselliğin azgın bir iştahla iktidarı devralmasıyla sevdanın ateşi söndü.

"Aşkı özgürce yaşamanın da baskı altında yaşamaktan kolay olmadığı görüldü."

* * *

Bugün aşk, seks ve izdivacın yine darmadağın olduğu bir devirdeyiz.

Simonnet, ilginç bir tespit yapıyor:

> Çelişkilerle dolu çağımızın bir yansıması olarak bu üçlüyü bir araya getirmeyi hiç bu kadar istememiştik.

Yani?

"Haz veren, kalıcı bir aşk..."

Bulabilecek miyiz?

Tarih fazla iyimser değil ama siz isterseniz talihe güvenin.

Hatta öylesi bir ilişki için dua edin.

Bir Bankanın Yaptığını Bir Evlilik Yapamaz mı?

Bir dönem dillerde gezen Akbank reklamı, "İlk görüşte aşk böyle başladı," diye giriyordu söze...

İki gencin pek hızlı gelişip nihayete eren aşk hikâyesini hızla özetliyor.

Gençler "ilk görüşte" vuruluyorlar birbirlerine... Adı üstünde "yıldırım aşkı".

Ve tabii, "Hemen evlilik, hemen balayı"...

Lakin çok çabuk geçiyor, "cicim ayları..."

Anlaşılıyor ki, kızımız dışarıda kola ile hamburger dişler, *rock pop, acid* dinlerken; kocası evde klasik müzik dinliyor, patlıcanlı pilavlı, enginarlı mükellef sofralar düşlüyor.

"Ayrı dünyaların insanları" oldukları ortaya çıkınca "anlaşarak" ayrılıyorlar.

* * *

"Yıldırım aşkı", "sevişerek evlenmek" vs. bizim kuşağın pek aşina olduğu laflar...

Hele ayrı dünyaların insanları olmak...

Türk filmlerinin siyah beyaz perdelerinden feryat figan evlerimize dökülüp saçılmış bu ifade:

"Biz ayrı dünyaların insanlarıyız Hatice!.."

O filmlerde olmayıp günümüzün reklam filmlerinde rastlanan şey, "anlaşarak ayrılmak"tır.

Bizim kuşağı bugünkülerden ayıran da budur zaten...

Bekir Yıldız'ın *Evlilik Şirketi* ile yetişen bizimkiler, evliliği şahitler huzurunda devralınan ve ömür boyu taşınacak olan bir kutsal emanet saydılar. O emaneti yaşatabilmek uğruna enginar ya da hamburger sevgilerini, klasik ya da *rock* tercihlerini içlerine gömdüler ve "evliliğin bekası" için kendilerinden vazgeçtiler.

Böylece bizim kuşakta evlilik, hamburger arzulayıp sofrada patlıcanlı pilav kaşıklayan kadınların ya da komşu gezmesindeyken pijamayla evde oturmayı düşleyen kocaların "birbirine tahammül müessesesi" haline geldi.

O yüzden bugün, "Aaa! Sen enginar seviyormuşsun, hadi ayrılalım," diyip bavul toplayan nesle aşina değiliz.

* * *

Reklamın beni asıl vuran yeri finali:

"Ayrı dünyaların insanları", daha badanası kurumadan kutu kutu toplanmış evlerinde "arkadaşça" vedalaştıktan sonra, yağmurlu bir günde bir banka önünde yeniden karşılaşıyorlar.

Neden acaba?

Çünkü reklama bakılırsa bankacılık, "farklı dünyalara saygı duymak"la başlıyor.

Ya evlilik?..

Bankanın iftiharla sunduğu bu "hizmet", evlilikleri de ilelebet yaşatacak anlayışın formülü olmasın sakın?..

Belki ailenin aradığı huzurun anahtarıdır bu "saygı"...

"Ayrı dünyaların insanları"na aynı çatı altında kendi ayrı dünyalarını tavizsiz yaşama şansı verecek bir "buluşma"dır belki aranan formül...

"Evlilik"ten, birinin mutsuzluğu pahasına her gün enginar yenen bir evi değil, isteyenin enginar, isteyenin hamburger yediği, farklı tatları buluşturan bir birlikteliği anlayan bir zihniyettir.

Belki sadece evlilikte değil, her türden birliktelikte ve genelde toplumsal örgütlenişte de mutluluğun yolu "farklı kimliklere, farklı renklere saygı"dan geçiyordur.

Belki evliliği, bambaşka kişilikleri bir potada eriten bir "tavizler silsilesi" olarak gören bizim kuşak ile, "Farklıyız, ayrılalım," diyen ve evlilikleri sapır sapır dökülen bugünkü kuşağın deneyimlerinden doğacak yeni ilişkinin tohumu, bir bankanın hizmet anlayışında gizlidir.

O tohum, zoraki benzerlikler yaratarak tüketilmeye değil, mevcut farklılıkları koruyarak zenginleşmeye dayalı bir evlilik ve toplumsal düzen vaadidir.

Seks Serbest, Sevda Yasak

Bugüne dek, lanetli bir parola gibiydi "ihanet"...

Varlığı bilinen ama öyle uluorta bahsedilmeyen bir tarikat şifresi sanki...

Bir yeraltı çetesi ya da tehlikeli bir virüsmüşçesine kulaktan kulağa fısıldanır, ses biraz yükseldi mi mevzu kapatılırdı.

Konu komşu dedikoduları, eş dost duyumları, sıkı sıkı incelenen internet mesajları veya telefon dökümleri, ansızın gelen ve geceyi zehreden hasret mesajları...

Pek çok evde kadınlar buna benzer sahneler yaşıyor; ama pek azı bu kanıtları ayrılık gerekçesi yapıp mahkemeye taşıyordu.

Çoğu sineye çekiyor, çaresizliğin kuyusuna gömüyordu ihanet belgelerini...

Ve ailenin kırık kolları, delik deşik yenler içinde dipdiri görünmeye çalışıyordu.

* * *

Bu evcilik oyununu Hülya Avşar bozdu.

Biraz da statüsünün sağladığı özgüvenle herkesin ağzında yuvarlayıp gizlediği "kral çıplak" havadisini bağıra çağıra verdi.

"Evlilik doğaya aykırı... Yaşama zevkini bitiriyor," dedi.

Bu durumun, ihaneti kaçınılmaz hale getirdiğini söyledi.

Eşlerin –bazen farkında bile olmadan– durumu kabullenip ihanete göz yumduklarını ekledi.

Milyonlarca kadının "zımni onay"ını tescilledi.

Buraya kadar iddialı, cesur, radikal yorumlar...

Ama sonrası...

Kısmen çaresizliğin, kısmen de "aşiret"ten miras feodal kültürün yansıması...

Avşar Kızı, Ahmet Hakan'a, "Erkek aldatır, önemli olan çaktırmaması," dedi.

Bu bilip de görmezden gelme tavrı, Avşar'ın, bitiş düdüğünü çaldığı evliliği sürdürebilmek için sarıldığı yegâne urgan gibi görünüyor.

Bir kuşak önce dile bile getirilmeyen, bir kuşak sonra ise belki gülünç gelecek olan bir "mecburi hizmet"in, ikiyüzlülükle aşılma çabası var bu kabullenişte...

Sonraki cümle, ilişkiler açısından daha da acıklı:

"Tek gecelik kaçamak için yuva yıkmam. Ama sevdiyse durum başka..."

* * *

İşte burada hazin bir ikilem var:

Oldum olası erkeğin, sevmeden seks yapabilme "becerisi"ni ayıplayan kadın, burada o "ayıbı" kendi avantajına çevirmeye çabalıyor.

İhanetin sınırlarını, "Sevişsin ama sevmesin," diye çiziyor.

Cinsellik tekelinden –biraz da mecburen– vazgeçerken sevgi tekelini hâlâ elinde tutmaya çalışıyor.

Bu formülün dile getirilmesi bile "evlilik doğaya aykırı" hipotezini doğrulayan bir kanıt...

* * *

Bu sözleri okuyunca Süleyman ile Fahire'yi hatırladım.

Nâzım, "Bir Küvet Hikâyesi" şiirinde anlatır onları...

Fahire, kocasının ihanetini öğrenir. Onu eve çağırır:

Geldi Süleyman,
Fahire, kocası Süleyman'a sordu:
— Doğru mu?
— Evet.
— Teşekkür ederim Süleyman.

Bak işte rahatladım.
Bak işte ağlamıyorum artık.
Nerde buluşuyordunuz?
— Bir otelde.
— Beyoğlu tarafında mı?
— Evet.
— Kaç defa?
— Ya üç, ya dört.
— Üç mü, dört mü?
— Bilmiyorum.

* * *

Şiirin bir yerinde Nâzım o zor soruyu sordurur kadın kahramanına:

— Çok mu seviyordun?
— Sevmek mi? Hayır...
— Başkaları da var mı Süleyman?
— Yok.
— Olmadı mı?
— Hayır.

Bu yanıtı alınca da şöyle der Fahire:

— Bunu sevdin demek...
Başkaları da olsaydı
daha rahat ederdim...

Farklı yetiştirilme tarzlarından olsa gerek:
Erkek, "Sevse de sevişmesin" derdinde;
Kadın, "Sevişse de sevmesin"e razı...
Oysa sevmeden sevişmek ile sevişmeden sevmek aynı sakat doğumun ikizleri değil midir?

Muazzez Ersoy'un Banyosu

Ah o küçük ayrıntılar!..

Sıradan, önemsiz, manasız görünen detayları gündelik hayatımızın...

Aslında ne çok anlam yüklüdürler ve ne çok gizli hastalığı ele verirler.

Yıllar önce bir arkadaşım evini terk ederken, "Lavaboda sıkılmış diş macunu artıkları görmeye dayanamıyorum," demişti.

Onca hasretle beklenmişken becerilemeden ufalanıp gitmiş bir ilişkinin artıklarıydı aslında o macun tüpünden lavaboya dökülen...

Ve ona artık katlanılmaz gelen...

Muazzez Ersoy'un "klip aşkı"nın bitme nedenleri arasında sayılan, "eşini kendi banyosuna sokmayıp misafir banyosuna yollaması" da o kahrolası küçük ayrıntılardan biriydi elbet...

Ece Temelkuran, bu "banyo meselesi"ni ustaca deşti. Satır altlarındaki, "Mesafeli duralım, dikenlerimiz değmesin birbirine... Yaralanmadan yaşayıp gidelim," mesajını okudu.

Ama mesafeliliğin ayazı kadar, düşük yoğunluklu bir iç çatışmanın buharı da yok muydu o "banyo"da?..

* * *

Görmüyor musunuz nasıl da terörize olmuş ilişkilerimiz...

Zifaf gecesi ikiz kulelere yapılan ilk saldırının çığlıkları dinmeden başlıyor misillememiz...

"Emniyetli yuvamız"ın güvenlik battaniyesi delinir delinmez, o zamana dek, "Bizden mutlusu yok!" avuntusunun zarif şalıyla örtülmüş kaba saldırganlık açığa çıkıyor.

Beklenmedik husumetler, gizli yaralar açıyor ilkin...
Mayınlar döşeniyor birlikte seçilmiş yer halılarının altına...
Sonra her günbatımında bombalanmaya başlıyor evin gizli sığınakları...
Nafile bir bilek güreşinin, kanlı bir iktidar savaşının izi düşüyor çeyiz sandıklarının üstüne...
Nikâh masasındaki ittifaklar bozuluyor; aynı aileden yeni müttefikler bulunup muhalif cephede savaşa sokuluyor.
Ve banyo –ki mahremiyet üssüdür evliliklerin– tahkim ediliyor, mevzileri koruyabilmek, yeni mevziler kazanabilmek için...

* * *

"Yakınlık terörizmi," diyor buna Michael Vincent Miller (*İkili İlişkilerde Terörizm – Erotik Yaşamın Yozlaşması*, Varlık, 1997).
Öyle acıklı bir kısır döngü ki, hem sevdiğimiz tarafından terk edilmekten korkuyoruz hem de onun tarafından hapsedilmekten...
Tıpkı çocukken annemizin bizi bırakıp gitmesinden korkarken şefkat kılıfı altında sürekli denetlemesinden de sıkıldığımız gibi...
Bu "terk edilme-hapsedilme" ikilemi yüzünden "birbirimizden en çok istediğimiz şey –yani sevgi– bizi en çok kaygılandıran şeye dönüşüyor."
"Onsuz kalma" korkusu, "sadece ona kalma" endişesine bulanıyor ve o tuhaf formül ortaya çıkıyor:
"Evde yakınımda olsun ama ayrı banyoda benden uzak dursun."

* * *

Bunların farkında olup el ele çektirilmiş ilk fotoğraflarına bakarak, "Ne oldu bize," diye iç çeken ne çok çift vardır kim bilir...
Oysa hata bizde değil, iktidar hırsının hayatın her alanından süzülüp nefsimize çöreklenmesinde...
Peki ne yapmalı?

"Ya ayrı banyoda duş ya aynı banyoda dövüş" çıkmazını nasıl aşmalı?

Miller, kitabında Romeo ile Juliet'e özeniyor:

> Onlar orta sınıf evliliklerinin, etkisini ağır ağır gösteren zehirleri arasında, yerine koyacak bir şey bulamadan sevgilerinin kurumasını izlemektense zehiri bir yudumda içtiler ve ideal sevgileri bozulmadan öldüler.

Halbuki zehir içmeden de bir çözümü var bu düğümün...

Mesele evde iktidar çatışmasını aşabilmekte, sevgiyi korkudan arındırabilmekte, gerektiğinde kanlı bir düelloyu, kanıksamışlığın mütevekkil sükûtuna tercih edebilmekte...

Aşk da hayat gibi güvenlik ister elbet ama ondan ibaret değildir.

40 Yaş Erkeği

Kendimi ayırt etmeden söyleyeceğim:

Bazen erkek soyu midemi bulandırıyor.

"Kadın kokusu", taze ete susamış bir sırtlana dönüştürüyor bizi... Gözümüzü kör ediyor; başımızı döndürüyor.

Amerikan başkanından hocasına, kör cahilinden okumuşuna, kılıbığından "Taşfırın"ına kadar böyle bu...

Hele 40'ımızı geçmişsek...

Hele cüzdanımızı şişirmişsek...

Ve hele 40 yılı "boşa" geçirmişsek...

* * *

Sokağın çağrısını 40'larında işiten andropoz erkeğinin "kaybolan yıllar" ağıtına, "televole" özentisi bir aşermenin ağız şapırtısı eşlik ediyor.

Evet, "âlem gezip eğleniyor." Sokakta onun karizmasına teslim olmaya hazır "çıtırlar" fink atıyor.

O ise pijaması içinde "evi bekliyor".

Oysa –40'lıkların yaman teşhisiyle– "Hayat hızla geçiyor," ve "Böyle mi öleceğiz?" sorusu beyni deşiyor.

Bu panik, yaşanmamış yılların hıncıyla sokağa döküyor 40 yaş erkeğini...

Altta kırmızı arabalar, belde zar zor giyilmiş kotlar, dilde demode iltifatlar, cepte karaborsa Viagra'larla...

Hâlâ beğeniliyor olmanın vehmi, hâlâ yapabiliyor olmanın hazzına karışıyor. Tatmin edilen ego şiştikçe şişiyor. Nefis uyanınca göz, ne iş ne ev görüyor.

Bitap evliliklerin tozunu, sevgisiz ilişkiler alıyor.
Her dişlenen "taze et", yenileri davet ediyor.
Ev zulaları, günahların çetelesini tutuyor.
İhanet kol geziyor.

* * *

Kim bilir kaç erkek, gömlekteki bir ruj izi, cepte unutulmuş bir mektup ya da ansızın gelen bir telefon mesajı yüzünden kan ter içinde hesap verdi, çocukça boyun eğdi, beceriksizce yalan söyledi, öfkeyle terk etti, terk edildi bugünlerde...

Kaçı, pişman gözler, yalvaran sözlerle geri döndü eşine, döndürdü eşini...

Kaçı, ertesi gün unuttu, "ebediyen" verdiği sözleri...

Kaçı, haber verenleri suçladı, yakalandığında...

Kaçı, yakalanana "enayi" dedi, haberi duyduğunda...

Ve kaç "kutsal kadın", aile denilen kumdan kalenin sınır boylarını bekledi, kızarak, ağlayarak, utanarak, yine de diş bilediği kale reisini savunarak...

Ve göz yumarak... Bazen sevgiden, çoğu kez çaresizlikten...

Aynı saatlerde erkek, bir kahvede, becerdiklerini anlatırken...

* * *

Yanlış anlaşılmasın:

Garipsediğim, 40 yaş erkeğinin kadını sevmesi değil; sevmemesi...

Ve şaşırtıcı olan, ihanet etmesi değil; ihanet ettiği hayatı aynen sürdürmesi...

Yaşadığının bedelini ödemeye cesaret edememesi...

Harcına yalan kattığı kaleyi terk edememesi...

"Ben de karımın kaçamağını, ondan beklediğim tevekkülle karşılayabilirim," diyememesi...

Hep kendine yontarak diktiği ikiyüzlü bir ahlak totemine her daim secde etmesi...

Ne ihanet ettiği ne de ihaneti paylaştığı kadına karşı dürüst olabilmesi...

40'ında hâlâ para karşılığı çiftleşmeyi, geceden kalma pudra izini banyoda gizlice çitilemeyi, ceptelefonunu her an patlayabilecek bir el bombası gibi gizlemeyi kendine yedirebilmesi...

* * *

Kabul edelim:

Evlilik bitti!

Çağ yorgunu aile, ancak başka kadınların (ya da erkeklerin) kolunda yürüyebiliyor.

Yalan, bir mecburiyetler rejimi sayılan evliliğin temellerini oyuyor. Ve herkes, her şeyi bilerek gönülsüzce boyun eğerek bu oyunu oynuyor.

Çare, eşlerin birbirinin hayatını yaşamaktan vazgeçip her hayatı, sahibinin nefsine, iradesine, vicdanına, insafına terk etmesidir.

Sevgi varsa aile ilelebet sürecektir.

Yoksa böyle sürdürmek rezilliktir.

Yalansız yaşamayı özlemediniz mi?

Tatil Aşkı Öldürür mü?

İşten uzak, stressiz günler...
Deniz, kumsal, güneş...
Akşamları ay ışığında yemek, müzik ve dans...
Çıplak tenler, rahatlamış bedenler...
Tatilde, bir aşkı besleyecek her şey var.

* * *

Bu güzel rüyayı bölen bir demeç çıktı *Milliyet*'te...

Ayşegül Aydoğan, Numune Hastanesi Psikiyatri Kliniği şefi Dr. Erol Göka'ya "tatilin ilişkilere etkisi"ni sordu.

"Tatil dönüşü anksiyete (kaygılanma) hastalıkları fazla görülüyor," dedi Dr. Göka:

> Tatil deyince tamamen eğlence ve dinlenmeyle doldurulması gereken bir zaman akla geliyor. Ancak çok ani virajların alındığı bir dönem de olabiliyor. Çünkü ertelediğimiz sorunlar, tatilde açığa çıkıyor. Sorunlarıyla baş edemeyen çiftler, ayrılma kararını çoğu kez tatilde alıyor.

* * *

Anlaşılan o ki, gündelik hayatın temposu, sadece para kazanma zorunluluğundan, çalışma azminden, iş hırsından filan kaynaklanmıyor; aynı zamanda bizi, çözüme kavuşturmakta zorlandığımız sorunlardan saklayan bir sığınak işlevi de görüyor.

Çağımızın içkisi, kumarı, uyuşturucusu oldu mesai...

Telefonlara baktıkça, dosyalara gömüldükçe, eve bitap halde döndükçe erteliyor, yok sayıyor, geçiştiriyoruz asli dertlerimizi...

Çalıştıkça unutuyoruz.

Ama tatil bölüyor bu kaçamağı...

"İş yok bir süre... Hadi bakalım yüzleş kendinle ve eşinle," diyor.

Ve yıl boyu biriktirilmiş sorunlar, ertelenen konuşmalar, geciktirilmiş tartışmalar, kapıya dayanmış hesaplaşmalar sökün ediyor birden...

Birlikte harcanan vakit arttıkça kıskançlıklar, kusur bulmalar ya da –daha fenası– konuşulacak bir şey kalmadığını görüp susup oturmalar başlıyor.

Kışın işe yönlendirilen enerji, kumsalda "asıl hedef"i vurmaya girişiyor.

* * *

Şimdi anladınız mı, bunca gürültü nereden peydahlandı son yıllarda, koylarda...

Artık kafa dinleyecek tek bir sahil şeridi kalmamasının, sabaha kadar bitmek bilmeyen "vur patlasın"ların, bu eğlence patlamasının sırrına erdiniz mi?

Çünkü sessizlik, konuşmaya zorluyor bizi; birbirimizle, kendimizle...

O hep kaçtığımız sınava sokuyor.

Dinlemek ve söylemek, işkenceye dönüşüyor. Acılarımızı büyütüyor.

Daralınca gürültünün, dansın, içkinin vurdumduymazlığına kaçıyoruz biz de... Kimse kimseyi duymasın, vicdanımızın bile sesi duyulmasın, yatağa başımızı koyduğumuzda konuşmaya derman kalmasın, kulak çınlaması dışında ses olmasın, dertler uykudan uyanmasın istiyoruz.

Tatilden döndüğümüz gecenin sabahında da açık bıraktığımız dosyaların koşturmacasına kapanıyoruz panik halinde...

Tatilden dinlenemeden, yorgun argın dönmemiz bundan...

Sizinki sadece yorgunluksa şükredin!..

Sessizliğe yakalananlar ayrılıp dönüyor çünkü...

* * *

Gelelim önerilere:

Dr. Erol Göka başta, "Tatile iş taşımayayım," saplantısından kurtulmak gerektiğini söylüyor:

> Bu şoka gerek yok; gerçekçi de değil. Hepten kopmayın işten... Tamamen de vermeyin kendinizi, kısmen bağlantılı işler yapın, okuyun mesela.

Ama asıl öneri, kendinizle ve eşinizle yüzleşmekten kaçmamak...

Ertelenen sorunları, mesai aralığına sıkışmamış bir periyotta konuşmak...

Bu teste, yani tatile dayanabilen bir ilişki, sizi yıl boyu eğlendirebilir.

O testten geçemiyorsa belki yıl boyu da taşımanıza gerek yoktur; kim bilir?

Eski Eşi Gülerken Görmenin Bahtiyarlığı

"İnsanın hası, beraberken değil, ayrılırken belli olur," derler.

Bunun doğruluğuna Cem Özer'den bir kanıt geldi.

Biz erkekler egomuz fazla şişkin olduğundan, ayrılığı ağır mağlubiyet sayarız.

Bizim kadar önemli biri nasıl bırakılır ki?

Terk ettiğimiz kadınların üzüntüden yatağa düşmesini bekleriz. Pişman olsun, dövünsün; telefon etsin, çıkmayalım; kapıya gelsin, açmayalım; yalvarsın, dönüp bakmayalım.

Terk eden kadınsa daha da fena... Tehdit ederiz, döveriz, fotoğraflarını çekip İnternet'te teşhir ederiz. Dedikodu yapar, kötüleriz. Ailesine şikâyet eder süründürürüz. Dönmezse hele de başkasıyla gönül eğlendirirse günah bizden gider, *Öyle Bir Geçer Zaman ki*'deki, Ali olur, adamı öldürürüz.

Cem Özer bu maço eğilime ters bir tavır sergiledi.

Gazeteler, yeni ayrıldığı altı yıllık eşinin genç bir sevgili bulduğunu yazdı. Yeni sevgililer, objektiflere yakalandı. Fotoğrafları çarşaf çarşaf yayımlandı.

"Çocuklu kadına yakıştı mı?" sorusu hemen eski eşe soruldu. Bir polemik çıkar, diye umuldu. Ama Cem Özer, erkeklik raconunda dönüm noktası sayılabilecek bir yanıt verdi. Dedi ki:

"Geriye çekilip baktım; ortada benimle alakalı bir şey olmadığını gördüm. Eski eşimin hayatına karışıp yargılamam nasıl mümkün olur. Bana, aldığı her kararda onu desteklemek düşer. Toza bulanırım, yine de ona toz kondurmam. Kaldı ki onu gülerken görmek hoşuma gitti. Mutluysa bana ancak halk etmek düşer."

Şu cümleleri kuramadığı için kaç erkek melankolik, alkolik, katil, mahkûm oldu kim bilir?.. Ve kaç kadın huzurundan, evladından, evinden, işinden, canından oldu.

"Ya benimsin ya toprağın," şişinmesi, kaç mezarı, kaç koğuşu doldurdu.

Oysa biz, "Sevgi neydi?" sorusuna *Selvi Boylum*'dan aklımıza kazınmış bir replikle, "Sevgi emekti," karşılığını veregelmiş bir topluma dahiliz.

Sevdayı evvela fedakârlık diye biliriz.

Sevdiğine toz kondurmamak için suç üstlenmiş yiğitler, sevdiğinin tedavi masraflarını üstlenip ezilmesin diye gizlemiş zenginler, ayrıldığı gözdesinin mutluluğunu uzaktan izleyip sessizce gözyaşı dökenler neslindeniz.

Cem Özer'in sözlerinde bu kuşakta kaybolmuş o eski sevda adamlarının yüce gönüllülüğü vardı.

Ayrılıp dost kalabilmek zordur. Nurgül Yeşilçay, böyle bir dostu olduğu için şanslı olmalı...

"Darısı ayrılanların başına!" derim.

Zamane İlişkiler

Kavuştuk İşte Niye Hâlâ Mutsuzuz?

Yasemin Kozanoğlu, güzelliğinin olanca duruluğuyla *Aktüel*'in kapağındaydı geçen hafta...

Çeyrek asırlık ömrünün neredeyse yarısını yüzünde flaş ışıklarıyla geçirmiş bu sosyete güzelinin "gönül galerisi"ni ifşa etmişti dergi...

Son 10 yılına 15'e yakın ünlü erkek sığdırmış Yasemin...

Lakin hâlâ mutsuz, "Kimse sevgimi hak etmiyor," diyor.

Malumunuz; bu topraklarda mutsuzluğun ananevi mazereti "vuslatsızlık"tır; kavuşamama sancısıdır yani...

Yasemin, gönül galerisinde "10 yılda 15 milyoner genç" yaratabildiyse "her yaştan"; bu mazereti ziyadesiyle bertaraf etmiş sayılır.

Peki vuslat misliyle hasıl olmuş ve genç kızın kısacık mazisi 15 erkekle dolmuşken hâlâ bu mutsuzluk niye?..

* * *

Önceki nesillerin bahtiyar olamaması, toplumsal baskıdandı. Yasaklar, engeller, gelenekler, sevdalıların önüne set çekiyordu.

Bu set, günümüzde tamamen yıkılmadıysa da, ekonomik şartların zorlamasıyla, kızların hayata atılmasıyla, taassubun dağılmasıyla zayıfladı.

İlişkiler "serbest"leşti.

Aşk, özgürleşti mi peki?

Hayır!

Çünkü, "Aile ve mahalle baskısından kurtulduk," sananları daha büyük bir setin duvarları sarmaladı:

Aşk "piyasa"ya düştü!

Hangi laflarla onun kalbine girebileceğimiz, hangi hediyeyle tavlayabileceğimiz, yemeğe nereye götürüp yatakta hangi pozisyonda kulağına ne diyeceğimiz ezberletildi.

Yanında ne giyeceğimiz, hangi müziği dinleyeceğimiz, ne kadarını gösterip ne kadarını gizleyeceğimiz, nikâha dek elde tutmak için ne kadarını "vereceğimiz" kıstasa bağlandı.

Dizilerdeki gibi tanışır, reklamlardaki gibi konuşur, filmlerdeki gibi sevişir olduk.

Sevdalılar, aynı yatağın içinde soyunukken bile, bu rolleri kuşanıp yabancılaştılar birbirlerine... (Bakınız: "Yasemin benimleyken sıkı bir tekno dinleyicisiydi, Arto'nun adını bile bilmezdi," diyen Erol Derviş.)

* * *

Öte yandan medya sayesinde mutaassıp mahallemizin sınırları ülke çapında genişledi. Yatak odamızı gözetleyen komşu, ekranlarca çoğaldı.

Gözetim ve kısıtlama katmerleşti.

Medya, ait olmadığımız bir dünyayı, ailemizmiş gibi belletti, izletti bize...

Reklamdaki kızın hangi oğlanı seçeceğine dahi biz karar verir olduk.

Bakın Yasemin ayrılacağını, nişanlısından önce gazetesine haber veriyor. Sonra da yeni sevgilisiyle şehrin en popüler kafesinde çay içerken ve en gözde gece kulübünde dayak yerken "medyaya yakalanıyor."

"Paralı kısmet"e göre kodlanmış halkımız ise en popüler bakanın oğlunu nişan gecesi terk edip evli ve cinayet hükümlüsü bir erkeğe kaçan kıza yüklenerek, "Deli misin, böyle kısmet tepilir mi?" diye tepiniyor.

* * *

Peki bunca manipüle edilmiş, ticarileştirilmiş, medyatikleştirilmiş, tekil yaşanacakken bunca çoğullaştırılmış bir ilişkiye aşk denebilir mi?

Aşkı teslim alan kuralları, nişanları bir kalemde silip atan Yasemin, piyasanın ve medyanın kuşatmasını yarabilir mi?

Aşkın özgürlüğü, gönlüne galeri kurmaktan değil, bütün bunlardan azat olmaktan geçiyor.

Boşandık Mutluyuz

"Evlendik mutluyuz" yazılan araba tamponlarının modası geçiyor galiba...

Yeni moda arabalar, nikâh salonunda değil, mahkeme kapısında bekliyor ve tamponunda "Boşandık mutluyuz" yazıyor.

* * *

Türkiye İstatistik Kurumu'nun dün açıkladığı rakamlar, boşanma artış hızının, evlilik hızını geçtiğini ortaya koyuyor.

Yani, evlenenden çok boşananımız var artık...

Oysa aynı İstatistik Kurumu, Türklerin yüzde 60'tan fazlasının kendini "mutlu" hissettiğini, yüzde 70'ten fazlasının geleceğe "umutla" baktığını açıklamamış mıydı?

Bu yüzdeleri doldurabilecek kadar mutluluk ve umut var mı buralarda hakikaten?

Diyebilirsiniz ki, "Onlar çoluk çocuğu dövdükçe haz alıp ferahlayan erkeklerdir."

Yanılıyorsunuz.

Çünkü araştırmaya göre kadınlarda mutluluk oranı, erkeklerden fazla...

Diyebilirsiniz ki, "Cahildir onlar; gözü açıldıkça anlar."

Yanılıyorsunuz.

Araştırmaya göre eğitim düzeyi artıkça mutluluk da artıyor.

Üniversite mezunları, ilkokul mezunlarından daha mutlu...

Diyebilirsiniz ki, "Bekârlık sultanlığı bu, evlensin de görsün mutluluğu..."

Yine yanılıyorsunuz.

Evliler, evli olmayanlara göre çok daha mutlu...
İstatistik Kurumu'nun saadet formülü tam şarkıdaki gibi:
"Evli, mutlu, çocuklu..."

* * *

Peki nasıl oluyor da bu toplum, bir yandan şiddetli geçimsizlik marazıyla doludizgin boşanırken bir yandan da anketörlere, "Değmeyin keyfime," diye hava basıyor?

Tahminlerimi sıralayacağım. İlk akla gelen cevap şu:

Yalan söylüyordur. Ne idüğü belirsiz anketörün, cevapları gerekli makamlara ileteceğinden korkup, "Neme lazım," demiş ve "Allah devletimize zeval vermesin, afiyetteyiz," cevabı vermiş olabilir.

Belki de mutluyu oynamak, kırık kalplerin ayakta kalma yöntemidir.

İki:

Mutluluğu bilmiyordur.

Kant'ın dediği gibi, "Mutluluk aklın değil, tahayyülün bir idealidir."

İş hayale geldi mi de biz sınır tanımayız.

Belki bizimkisi bir "kredi kartı mutluluğu"dur.

"Çok şükür bugün de ailecek alışveriş merkezine gidip vitrinlere bakabildik," yanılsamasıdır.

Üç:

Kanaatkârlığa değil, aldırmazlığa "mutluluk" diyor olabiliriz.

Olup bitenler sizi zerrece ilgilendirmiyorsa yaşar gidersiniz aylak bir bahtiyarlıkla... Yoksa asgari bir haber izleyicisinin, mutluluk anketinden bu yüzdeyle çıkması ancak yüzsüzlükle mümkündür.

* * *

Bir tahminim daha var:

O da ellere bakıp kulak memesi çekiştiren, tahtalara vurarak şükredenlerin kendini "mutlu" addetmesi...

"Filancanın kocası bıçaklamış karısını; bizim bey hiç kesici alet kullanmaz, sağ olsun yumruktan şaşmaz," memnuniyeti bu...

Mutluluğumuzu, başkalarının mutsuzluğundan devşiren ve daha az acıyı "talih" zanneden bir toplumuz.

Belki de o yüzden ankette arttığı kadar, çoğalmıyor hakikatte mutluluğumuz... Mutsuzluktan evladır.

İkinci El Erkekler

Pop şarkıcısı Pınar Aylin, *Kelebek*'te diyor ki:

İnsan ilişkileri sahte... Etrafıma bakıyorum; genç kızlardan biz yaşta kadınlara kadar herkes, gerçeğini bulamamaktan şikâyetçi... Annelerimizin zamanındaki ilişkiler mumla aranır hale geldi. Adam gibi adam istiyorum ama zor; bunu da biliyorum. Çünkü benim dengim, 40 yaş grubudur. Ee, o yaştaki "adam gibi adamlar"ın çoğu evli... Bir arkadaşım, "Artık ikinci elleri bekleyeceğiz," demişti. Doğru!

* * *

Ananevi erkekler, "İlle de sıfır kilometre olsun," takıntısındayken 40 yaş grubu kadınlarda "artık" ikinci ele talep oluşması ilginç...

Daha da ilginci, Pınar Aylin'in aynı röportajda, boşanmak için gün saydığını söylemesi...

Yani bir "ikinci el" de kendisi çıkarmak üzere...

Böyle bakınca herkesin bir yandan kendisininkini elden çıkarmaya çalışırken öte yandan da öbürlerininkine göz attığı, bereketli bir ikinci el araba pazarına benziyor ilişkiler...

Üstelik bazıları sadece göz atmıyor, göz koyuyor da...

Yakında, "Arkadaş arıyorum" sitelerinde şöyle ilanlar okuyacağız:

"Bayandan... Az kullanılmış, yıpranmamış... Takasta kullanılabilir."

* * *

Ne oldu da ilişkiler böyle piyasaya düştü, "sahte"leşti?

Neden kadınlar "adam gibi adam" bulamamaktan dertli?

"Artık domatesin bile hakikisi bulunmuyor," demek kolay...

Ama işin daha derin boyutları var.

Geçenlerde Van'da bir öykü dinledim:

Köyün en güzel kızı, daha bahçe çitinden ötesini tanımadan çirkin bir delikanlıya kaçmış. Dağın öbür yamacındaki köye gitmişler. Orada yakışıklı oğlanlarla evli kızlar, "Niye bu çirkine kaçtın," diye sorunca boyun bükmüş bizimki:

"Dünyanın bu kadar büyük olduğunu bilsem, buna kaçar mıydım hiç..."

* * *

Çağımız kadını, dünyanın büyüklüğünü fark ediyor giderek...

Bir önceki kuşağa göre, erkeklerle daha fazla karşılaşıyor.

Annelerimiz gibi evlendirildiği erkeğe "mahkûm" değil artık...

Seçenekleri artıyor.

Eskisi gibi boyun eğmiyor; itiraz ediyor; beğendiğini de beğenmediğini de söylemekten çekinmiyor.

Yeni kadının meydan okuyuşu, asırlık iktidarını kaybeden erkeği ürkütüyor. Erkek, ne istediğini bilen, cesur kadın karşısında nasıl tavır alacağını bilemiyor. Sahteleşiyor.

Öte yandan, iş dünyasındaki rekabete, eş dünyasındaki rekabet ekleniyor.

Kentli kadın, ayakları üzerinde durabildikçe yoruluyor, bağımsızlaştıkça yalnızlaşıyor.

Sonunda bazıları, Pınar Aylin'in dediği gibi, "Ne kadar güçlü olsa da, erkeğin varlığını hissetmek istiyor."

Hatta bazen, annesinin dönemindeki rol dağılımını özlemeye başlıyor.

* * *

Aylin de o rol dağılımı uğruna, mesleğinin zirvesindeyken evliliği seçmiş. Gözü başka bir şey görmemiş.

Hata da burada işte...

Kadının erkek için kendinden vazgeçmesi, kendisini mutsuz ettiği gibi, ona "mesleğinin zirvesinde"yken âşık olmuş erkeği de soğutuyor.

"Annelerimiz" için aşk, bir elmanın iki yarısı olabilmekti.

Artık kimse yarım kalmak istemiyor.

Gün, kendi başına tam elma olmayı başarabilenlerin, aynı dalda yan yana durabilmesinin günüdür.

Ah Firdevs, Bir Bilsen!

Hani o yarışmayı kazanan çocuk sana ilanı aşk ettiğinde, "Şimdi aşka vaktim yok. İşimi düşünmek zorundayım," demiştin ya Firdevs...

O takıldı aklıma...

Belki o *reality show*'da sana düşen rol oydu; belki lüzumsuz teklifleri reddetme yöntemin buydu.

Öyleyse eğer, okuma gerisini...

Ama öyle değil de, gerçekten kariyer telaşında bastırdıysan yüreğinin sesini –ki senin kuşağında sıkça rastlanan bir "fedakârlık" bu– o konuda seninle dertleşmek isterim.

Milliyet'te Birsen Altuntaş'a, "Bana aşkını ilan etmekle hata yaptı. Bütün hayranları kadın... Bir şey söyleyip onun kariyerine zarar vermek istemedim," diyorsun.

Bu nasıl bir kariyerdir ki Firdevs, aşktan örselenmektedir?

Bu nasıl aşktır ki, önce kariyeri düşünmektedir?

* * *

Birincisi Firdevs, eğer, "Final öncesi hissiyatım bozulur, performansım düşer, sesim kısılır," diye sustuysan serenat yapan prensine, şunu bil ki aşk –çoğu zaman karın doyurmasa da– hissiyatların en eşsizi, performansın katıksız besleyicisi ve bilinen en iyi ses açıcıdır.

Aşkla çınlayan yüreğin sesi, semaya vurur.

Yok, imajının zedeleneceğini sandı isen, emin ol ki, aşkla kızarmış bir çift yanaktan daha insancıl bir imaj yok ulaşabileceğin...

"Şimdi aşka dalarsam kariyerime vakit kalmaz," diye çekindi isen, birkaç biyografi okumanı tavsiye ederim sana... Yaşamöyküleri, kariyerini aşka feda etmiş, yüreğinin yolunu seçmiş insanlarla doludur çünkü...

* * *

Oscar Wilde, toplumun lanetlediği bir aşka düşüp genç bir oğlana sevdalandığında yargılanmış ama mahkemede, bütün okurlarını yitirme pahasına aşkını dobra dobra savunmaktan çekinmemişti.

Hislerini *Lady Windermere'in Yelpazesi*'nde özetleyecekti:

> İnsanın kesin seçim yapması gereken anlar vardır: Kendi yaşamını tümüyle, eksiksiz, dopdolu yaşamak mı, yoksa ikiyüzlü bir dünyanın istediği yapmacık, sığ, onur kırıcı bir varoluşa sürüklenmek mi?

İngiliz Kralı VIII. Edward, tahta çıktıktan bir yıl sonra, insanın kesin seçim yapması gereken o âna gelmiş; kariyerinin, sevdiğine kavuşmasını engelleyeceğini anlayınca hiç tereddüt etmeden aşkını seçmiş, tahtını terk etmişti. Halkına kararını şöyle izah etmişti:

"Sevdiğim kadının desteği olmaksızın, sahip olduğum ağır sorumluluğu taşımamın mümkün olmadığını anladım."

Bilmem Ayhan Aydan adını hiç duydun mu Firdevs; bütün Türkiye'nin sustuğu bir gün, o tek başına bir askerî mahkemenin huzuruna çıkmış ve ülkenin devrik başbakanı için, "Ben o adamı sevdim," demişti.

Türkiye onu hep "yiğit bir sevdalı" olarak hatırlayageldi.

* * *

"Önce işimize bakalım," deselerdi, kariyerlerini düşünselerdi bugün onları başka şekilde anacaktık.

Şunu bil ki Firdevs, bugün sevdalılara yollanacak ne kadar şiir, söylenecek ne kadar şarkı, kulaklarına fısıldanacak ne kadar aşk sözcüğü varsa çoğu, sevdası uğruna gemileri yakmayı göze almış cesur âşıkların eseridir.

Aşkın, reklam sözleşmelerine, magazin haberlerine, ceptelefonu mesajlarına hapsolduğu, "İşime mâni olur," diye kapıdan kovulduğu imaj çağında manasız gelebilir bu yazdıklarım...

Ama inan ki Firdevs, "İmajını bozan bir aşk, aşkını gömen bir imajdan evladır."

Seni ebediyete taşır.

Maç Varken "Sevgililer Günü"

Vatan'ın "Sevgililer Günü" anketinden ilginç bir sonuç çıktı:

14 Şubat'ta kadınların çoğu sevgilisinden tek taş kolye bekliyormuş.

Erkeklerin çoğu ise sevgilisine çiçek götürmeye hazırlanıyormuş.

Bu akşam maç da olduğu düşünülürse birçok ilişkide bolca hayal ve kalp kırılacağını tahmin etmek zor değil.

Ankete katılanların yarısı severek evlenmiş. Lakin yarısının evliliği boşanmayla bitmiş.

Boşanma oranının yüksekliği, beklenti ile gerçeklik arasındaki (yani tek taş ile çiçek arasındaki) derin farklılıktan kaynaklanıyor olsa gerek...

* * *

Tek taş kolye hediyeli romantik bir yemek beklerken kapısında bir buket çiçekle, "Seni seviyorum. Maça gidiyorum," notu bulmuş bir kadının önünde iki seçenek vardır:

Ya beklentiyi ya da sevgiliyi değiştirmek...

Çoğu kadın, çiçeğe razı olmak veya adamdan caymaktansa üçüncü bir seçenekle uğraşır:

Adamın kişiliğini değiştirmeye çalışır. Ama ne yazık ki –üç yaşından gün almış hiçbir– erkek değişmez.

Öte yandan, erkeğin "değişmemesi" beklentisine karşın çoğu kadın zamanla değişir.

İlişkilerde hayaller ve kalpler, biraz da bu yüzden kırılır.

* * *

Huyu değişmeyen erkek, "Sevgililer Günü" maça gidince kadın sorular sormaya başlar:

"Ne oldu bize?", "Artık beni sevmiyor musun?", "Başka biri mi var?"

Cevapsız kalan sorular, zamanla aynaya döner:

"Gözden düştüm mü?", "Eskisi kadar güzel değil miyim?", "Fazla mı kilo aldım?"

Erkekse soru sormaz; kendisine sorulmasından da hoşlanmaz.

Çok sıkıştığında, "Nerden çıkarıyorsun bunları?" der, fazla konuşmaz.

"Sevgililer Günü"nü hatırlayıp çiçek aldığı, hatta maça gitmeyip yemeğe kaldığı halde niye hâlâ bunların sorulduğunu da anlamaz.

Bunca "fedakârlığa" rağmen yine de karşısındaki tabağa gözyaşları damlıyorsa o da kendine sorular sormaya başlar. Ama onunkiler hayli farklıdır:

"Yanlış kız mı?", "Başkasını mı bulmalı?"

Önünde iki seçenek vardır:

Tek taş için para biriktirmek ya da sevgiliyi değiştirmek...

Pek azı para biriktirir.

* * *

Sanırım asıl sorun, piyasa işi şablonların bizi esir alması...

Reklamların tek taşı, yegâne sevgi alameti diye sunması...

"İlişki guruları"nın kadınları, erkeğin gözünde maçtan daha cazip, golden daha heyecan verici olmaya zorlaması...

Tek taş alamayanların sevgisiz, erkeğini maça kaptıranların cazibesiz diye damgalanması...

"Sevgililer Günü"nde hayal kırıklığı yaşayanların, suçu kendinde, mesela tek taşa yetmeyen gelirinde veya deforme olan bedeninde araması...

* * *

Boş verin bunları!

Güzelim bir günü, kadınınızın gözüne girmek için tek taş alışverişinde ya da erkeğinizin diğer heyecanlarıyla yarışmak uğruna maç tribününde geçirmeyin.

Kendinizden taviz vererek mutlu olmaya çalışmayın.

Erkekseniz sevginizi hediyenizle tartmayacak, kadınsanız sizi maçla kıyaslamayacak sevdalılara koşun.

"Nerdeee?" mi diyorsunuz.

O halde "Sevgililer Günü"nü unutun; kafa denginizle buluşuncaya dek yalnızlıkla baş etmenin, kendi kendinize yetmenin yolunu bulun. Formülü unutmayın:

Tekil olmayı başarmış iki kişi = Sağlam bir ilişki...

Anadolu Aşkı Arıyor

"İnternet'in ansiklopedisi" Google'da "sevgi" sözcüğünü en çok arayan adresleri araştırıyorlar.

En başta Anadolu kentleri sıraya diziliyor:

Diyarbakır, Adana, Kayseri, Erzurum, Trabzon...

Ya "aşk"ı hangi iller tıklayıp araştırmış en çok:

Gaziantep, Diyarbakır, Adana, İçel, Erzurum...

Nasıl yorumlarsınız?

Büyük kentler aşkı buldu da şimdi Anadolu mu arıyor?

Yoksa İstanbul, Ankara, İzmir sevdadan umudu kesti de Anadolu, arayışını İnternet'te mi sürdürüyor?

* * *

Doğan Haber Ajansı bürolarından yağan haberler, Anadolu'daki "İnternet bereketi"nin ipuçlarını veriyor.

Mesela Sinop'tan bir imam haberi geldi.

Durağan ilçesine bağlı Çampaşasakızı köyünün 37'lik imamı, İnternet'te tanıştığı İstanbullu kadın için yedi aylık hamile eşi ile üç çocuğunu terk etmiş.

Durumu öğrenen eşi, erken doğum yapmış; karnındaki ikizlerden birini kaybetmiş.

Çocuklar, babalarının sürekli bilgisayar başında bir kadınla yazıştığını, evde bu yüzden tartışmalar çıktığını söylüyormuş.

* * *

Geçenlerde de Maçka'nın Armağan köyünden bir haber geldi.

Doğuştan engelli olduğundan ancak elleri üzerinde yürüyebilen Yusuf, İnternet'te kendisi gibi sağır ve dilsiz olan Tayvanlı Mei-Çan'la tanışmış.

Sanal sohbette âşık olmuşlar birbirlerine...

Yusuf, Mei-Çan'a evlenme teklif etmiş.

Kız, Tayvan'daki evinden kaçıp Maçka'ya gelmiş, Yusuf'una kavuşmuş. Evliliğe hazırlanıyorlarmış.

* * *

Oğlum, "Ortaokuldan bir arkadaşım İnternet'te tanıştığı kızdan yine İnternet'te ayrıldı," diyordu geçenlerde... Tuhaf olan şu ki, tanışma ile ayrılma arasında hiç tanışıp görüşmemişler.

"İlişki", sanal ortamda başlayıp orada bitmiş.

Tabii bu öyküler içinde, eski Türk filmlerinin İnternet'li versiyonlarını anımsatan ölümcül örnekler de var:

Aydın'da 16 yaşında bir kız, İnternet'te kendini astsubay olarak tanıtan birine kaçtı geçen ay... Ankara'da iki hafta oğlanın tecavüzüne uğradı. Randevuevine satılmak üzereyken kaçmayı başardı.

İşte "film gibi" bir örnek daha:

Ağrı'da bir çocuk annesi kadın, imam nikâhlı kocasını bırakıp Düzce'ye, İnternet'te tanıştığı Akçakocalı pazarcıya kaçtı. Ama orada, yine İnternet'ten izini süren üvey oğlunun kurşunlarıyla can verdi.

* * *

Bu haberlere şu veriyi de ekleyeyim:

Fransızlar, İnternet'i en çok "bilgi arama" için kullanıyor.

İngilizler, en çok "haber" için...

Türkler, en çok "eğlence ve iletişim" için...

Buradaki "iletişim", büyük oranda yukarıda örneklediğim türden bir "tavlama" faaliyeti...

Televizyon, geleneksel dünyanın kabuğunu çatlatmıştı ama onun iletişimi tek yönlüydü.

Şimdi İnternet, TV'nin açtığı oluktan içeri dalıyor; iki yönlü iletişimin yolunu açarak küresel ölçekte bir gönül pazarı kuruyor.

Yanlış bir adreste, yanlış yatakta yaşadığına inanan yeryüzünün kırık kalpleri, yeniden karılan kartlar gibi yer değiştiriyor.

İnternet, ilişkilerin doğasını ve içeriğini etkilemiyor belki; ama alternatif zenginliğiyle ölçeğini ve niteliğini değiştiriyor.

Bu değişimde Anadolu da asırlık mahremiyetinden sıyrılıyor. Taşra baştan çıkıyor.

Diyarbakır'ın, Antep'in, Adana'nın, Google'a ille "sevgi"yi sorması boşa değil...

İnternet'te bu soruya bol seçenekli cevap var.

Sevda Kuraklığı

Şarkıları, şiirleri, ağıtları hep su üzerineymiş.

Merak edip sormuş beyaz adam:

"Niye şiirleriniz hep sudan söz ediyor?"

"Buralarda en çok suyun yokluğunu çekiyoruz da ondan," diyip gülmüş yerli:

"Ya sizin şiirleriniz niye hep sevgiden söz ediyor?"

* * *

Ceptelefonuma "bip-bip" yağan bayram mesajlarında hep sevgi, aşk, barış dilendiğini gördükçe bu öyküyü anımsıyorum.

Görülmedik bir nefret salgını, memleketi kasıp kavurmuş ya da yüreklerimiz bir sevda kuraklığında çöl olmuş gibi...

Bu felaketin ardından, amatör şairler arasında yarışma yapılmış da, onlar da en çok öfkeden yılmışlıklarının, aşka susamışlıklarının şiirini yazmış sanki...

Türk mani sanatının, kitap çıkarma imkânı bulamamış gizli yetenekleri, her bayram ortaya dökülüyor ve telefon ekranı boyutunda küçülttükleri hevesleriyle, illa sevdaya dair cep mesajları döktürüyor:

"Kalplere merhamet, yuvalara muhabbet" diliyor.

Merhametin, muhabbetin çokluğundan değil; yokluğundan...

* * *

Sevdasızlık salgını şuradan da belli ki, bir karamela kâğıdından ya da tavşancı amcanın niyet pusulasından kopya çekip "herkes"e gönderdiğiniz bir cep manisi, kapsama alanında ulaştığı mutsuz alıcılarca behemehal kaydedilip bu kez onların rehberindeki "herkes"e gönderiliyor; sanal sanal çoğalıp dön dolaş tekrar size geliyor.

Geçen yüzyılda elinde curasıyla dere tepe gezinip yüreği yanıklara mani düzen halk âşıkları gibi, çocukken okudukça aşklarına özendiğimiz cep fotoromanları gibi; cep mesajları da cepten cebe dolaşıp bize yokluğunu hissettiğimiz, hasretini çektiğimiz sevda ve barış iklimini hatırlatıyor.

* * *

Lakin çoğu zaman mesajın dilediği iklim ile ulaştığı iklimin farklılığı veya telefon sahibinin hoyratlığı ile telefondaki mesajın nahifliği, çelişik manzaralar çıkarıyor ortaya:

Düşünün, tam kurbanlık koyunu çukur üstüne yatırmışsınız, bıçağı besmeleyle boynuna saplayıp kanını, başucunuza topladığınız çoluk çocuğun üstüne fışkırtacaksınız, art arda bipleyen ceptelefonunuzdan aşk dilekleri faşş ediyor.

Din adına, masum din adamlarının gırtlağının kesilmesine, güzelim şairlerin, sevdalı gençlerin ateşe verilmesine mâni olamıyorsunuz ama dinî bayramlarda cep mesajlarında barışa ve sevdaya dair bol bol mani okuyorsunuz.

Susuzluk derdiyle ille suya ağıt yakan yerliler gibi, en çok yokluğunu çektiğiniz şeylerin, aşkın, barışın, huzurun şiirini yazıyor, elden ele, cepten cebe dağıtıyorsunuz.

* * *

Madem laf, kurbandan, bayramdan, barıştan, şiirden açıldı; bırakayım "Bayram bir ömürdür, ben gibi bir deliye," diyen Can Yücel bağlasın yazımızı:

Koyunlar, keçiler ve koçlar için
Ne kadar bayramsa Kurban Bayramı
Bu barış var ya, bu barış
Cephedekiler için o kadar barış...